Quartier charogne

DU MÊME AUTEUR

Bleu de chauffe, *roman, Stock, 2005*
Du même auteur, *roman, Stock, 2007*
Le ciel sur la tête, *roman, Stock, 2009*
Quand le mal est fait, *roman, Stock, 2010*

Nan Aurousseau

Quartier charogne

récit

Stock

Couverture Hubert Michel
Photo de bande : © Nan Aurousseau

ISBN 978-2-234-07105-6

Quartier charogne, je disais quand on me demandait mon adresse.

Si vous avez un plan de Paris sous la main, vous trouverez les limites du quartier Charonne assez facilement : prenez la rue de Bagnolet au métro Alexandre-Dumas et remontez-la jusqu'à la porte de Bagnolet, continuez par le boulevard Davout jusqu'à la rue d'Avron, prenez-la jusqu'au métro Avron et remontez le boulevard de Charonne jusqu'à la rue de Bagnolet. Voilà, vous avez délimité le quartier Charonne. C'est le quartier de Casque d'Or et de son amant Manda, c'est là que j'ai passé une partie de mon enfance.

1

Mon père était un salaud. Il est mort dans les chiottes, en poussant. C'est le cœur qui a lâché. J'écris salaud comme j'écrirais saint, parce que les salauds sont des saints, eux aussi, une fois morts. Il faut pardonner aux morts et j'ai pardonné à mon père le mal qu'il nous a fait.

Il était dur, mon père. Il frappait ma mère en rentrant du travail, ivre à rouler par terre.

« Travailleur de force ! Six litres par jour ! J'vais vous en faire baver, moi ! *Arbeite ! Vasistas ?!* » qu'il gueulait en cassant les chaises rue des Maraîchers, dans notre petit trois pièces du quartier Charonne.

Il parlait pas allemand, pourtant, c'étaient les restes de la guerre, les souvenirs des camps, du travail forcé dans les ateliers de mécanique, là-bas en Allemagne. Il en parlait beaucoup, mon père, de ce temps-là. Il avait vu Maurice Chevalier recevoir des patates plein la tronche à Zwickau, dans la Saxe. Il avait pas pu chanter, Chevalier, il s'était sauvé. Et Pétain qui avait refusé la Croix-Rouge aux prisonniers… Qu'est-ce que ça voulait dire, la croix rouge ? J'y comprenais rien.

Des nuits entières à délirer, les coudes sur la table, la bouteille de gros rouge à moitié vide, à se resservir un verre tous les quarts d'heure.

Souvent, le soir, après le boulot, il s'arrêtait au bistrot, il buvait un coup, puis un autre, et après il oubliait de rentrer.

« Va chercher ton père, me disait ma mère, il doit être chez Saïd. »

Je le trouvais au comptoir en train de raconter des bobards à une bande de poivrots subjugués. Il avait travaillé au Canada, lui, en Amérique, à Baton Rouge, à Montréal. Conducteur d'engins géants, il avait mis à plat la montagne, il en restait plus rien, du mont Réal, qu'il leur disait…

« Mais alors, Lulu, c'est comment là-bas, au Canada ? On gagne bien sa vie ? »

Ils y croyaient, eux tous. Parce qu'il était fort en gueule, mon père, costaud encore, et grand baratineur quand il avait un coup dans l'aile.

Je le tirais par la veste.

« P'pa, y a maman qui veut que tu rentres. »

Il me répondait pas, alors j'attendais. Je savais

bien, moi, qu'il y avait jamais foutu les pieds, au Canada.

« Dis, Lulu, si par exemple moi, j'veux y aller, au Canada, à ton mont Réal, comment je dois faire ?

– Y en a plus, de mont Réal, qu'il braillait, j'ai tout mis à plat avec mon bull !

– Eh, Lulu, si c'était si bien, le Canada, pourquoi tu y es pas resté ?

– Parce que y avait un emmerdeur comme toi qui arrêtait pas de me poser des questions. Aligne plutôt une tournée ! »

On pouvait pas lui clouer le bec facilement, à mon père.

J'en profitais qu'il buvait son pastis pour le tirer par la veste.

« Papa, y a maman elle dit que c'est prêt.

– J'arrive, je finis mon verre, va lui dire que j'arrive. »

Je me faisais pas prier pour déguerpir parce que ça puait, chez Saïd. J'aimais pas traîner là, les pieds dans les mégots, avec l'odeur du Ricard que Saïd servait à la louche sur le comptoir humide, mêlée à la bouffée de moisi qui remontait quand il ouvrait la trappe de la cave pour chercher une bouteille.

Il finissait bien par rentrer, mon père, à la nuit, quand on était couchés. Il continuait à raconter ses conneries jusqu'à l'aube en se finissant au gros rouge.

« *Narken Frankreich !* Couic, *Ruskof ! Kaput*, caporal Klark ! »

Parfois, j'aidais ma mère à le traîner au lit, j'étais l'aîné des trois garçons. Il était lourd, mon père, et méchant. Un soir, il est tombé sur le carrelage de la cuisine.

« Saloperie, qu'il gueulait, c'est toi, Nan ! C'est toi qu'as creusé un trou dans la cuisine pour que je tombe dedans ! »

Je disais « Non, papa ! Non, c'est pas moi, j'te jure ! Y a pas de trou ! »

Il se débattait en rampant sur le sol contre des démons invisibles, au bord du delirium, comme pris dans un piège.

« Et des cordes, petite ordure ! T'as tendu des cordes ! Aide-moi ! Tire-moi de là, donne-moi la main !

– Non, disait ma mère, lui donne pas la main ! »

Alors elle lui épongeait le visage avec un gant pour qu'il arrête de délirer, et ensuite, une fois remis, il la battait parce qu'il aimait pas l'eau.

Pendant qu'on était comme au front, ma mère et moi, mes cinq frères et sœurs se tenaient à l'écart, tout apeurés, serrés les uns contre les autres en attendant que ça passe, en pleurant.

« Non papa ! Non, la tape pas ! »

Ma mère encaissait en silence, elle se plaignait

jamais. Peut-être qu'elle en parlait à ses copines du quartier, je sais pas. Elle restait digne. C'est pour ça que j'ai voulu le tuer, mon père. Pour le mal qu'il faisait à ma mère.

2

On habitait rue des Maraîchers, au 83. C'était son patron qui nous avait logés là. Touzet, qu'il se nommait, le taulier. Une entreprise de BTP. Mon père était mécanicien diéséliste, conducteur d'engins aussi. Chez Touzet, il maniait un Caterpillar.

Avant qu'on arrive, la rue des Maraîchers, c'était des garages pour l'entreprise. Touzet avait un besoin pressant de conducteurs d'engins, alors il s'était arrangé pour garer ses camions ailleurs et il nous avait installés là. Ça lui allait bien, à mon père, le loyer devait pas être cher, et à ma mère aussi. On était dans les années cinquante, la guerre était finie depuis dix ans mais eux ils en parlaient toujours comme si c'était hier. Ils avaient eu faim, ils avaient connu l'exode, le travail obligatoire. Il fallait pas parler à ma mère des paysans, elle pouvait plus les saquer depuis qu'ils lui avaient vendu des œufs au prix de l'or quand elle errait sur les routes avec les Italiens qui les mitraillaient en avion. « Exode », « capitulation », « débâcle », « captivité », « zone occupée », c'étaient des mots qui revenaient toujours. Ils avaient été drôlement marqués par la guerre, mes parents. Mon père il avait vu Hitler. On les avait emmenés au stade pour les jeux Olympiques, et puis les *Kommandos* s'étaient pas levés pour l'hymne national allemand. Un SS les avait apostrophés des tribunes et les avait fait ramener au *Kommando* en courant. Bordet, Loudin, Lachili, un boxeur, il en parlait souvent quand il avait un coup dans l'aile.

Rue des Maraîchers, on y est arrivés en cinquante-sept. Avant, on habitait dans l'Ain, au-dessus du barrage de Génissiat, dans un hameau nommé Anglefort, au pied du Grand Colombier, un massif qui culminait à mille cinq cents mètres. Mon vieux travaillait comme mécanicien sur les lignes de chemin de fer en construction ou en rénovation. On déménageait souvent pour qu'il puisse rentrer le week-end à la maison. Quand il rénovait la voie Perpignan-Marseille, on logeait dans le Sud. Quand il travaillait sur la voie Culoz-Annecy, on habitait Anglefort. Après, quand il a été embauché chez Touzet, à Paris, on a plus bougé du vingtième.

Ma mère, elle, était de Montmartre. Mes grands-parents avaient une blanchisserie rue du Chevalier-de-la-Barre. Toute son enfance, elle l'avait passée là-bas, peut-être photographiée par Doisneau sur les escaliers. Elle y tenait à son Paris, ma mère. Elle était contente qu'on y soit revenus, elle s'ennuyait dans l'Ain. C'était une citadine, elle aimait le cinéma, les trottoirs. Là-bas, dans l'Ain, elle sortait pas beaucoup, elle restait souvent à la fenêtre à fumer des cigarettes, elle regardait vers le mont Blanc, elle me disait « Tiens, regarde là-haut, tu vois, c'est des aigles… » Et c'était vrai, il y avait des aigles qui tournaient dans le ciel. Mais malgré les aigles ça n'allait pas fort, ça se voyait, elle était pas paysanne. Elle m'emmenait courir sur les pentes du Grand Colombier et elle riait comme une gamine en tenant ses chaussures à la main parce que, quand même, elle portait des talons. J'en étais amoureux de ma mère, je l'aimais à la folie.

J'y étais bien, moi, dans l'Ain. On voyait le mont Blanc de la fenêtre de ma chambre. J'avais un copain, un paysan qui marchait pieds nus dans des godillots et qui m'emmenait ramasser des vipères. Il les capturait vivantes, à mains nues, avec un bâton fourchu, et il les fourrait dans une grande sacoche en cuir qu'il portait sur le ventre. On tuait aussi des corbeaux au lance-pierre, il m'avait appris, je visais juste et vlan !

la grande bestiole noire boulait dans les champs. On lui coupait les pattes et on laissait le reste. Le pharmacien nous achetait les vipères et les pattes de corbeau. C'étaient pas des corneilles, c'étaient des vrais corbeaux, tout noirs, très grands. Les deux pattes rapportaient dix sous, je crois.

Mon père, il rentrait parfois le samedi. Il arrivait en voiture, une grande Opel très haute et carrée, six cylindres en ligne dont il était très fier. Sur les voies ferrées, il avait un wagon-atelier avec son lit au bout et une petite cuisine. Il réparait tout ce qui tombait en panne sur le chantier ambulant, les tirefonneuses, les boulonneuses, les bourreuses automatiques, parce qu'il fallait faire sept kilomètres par jour, alors elles souffraient les bécanes ! Il faisait la voie Culoz-Vallorbe, puis il a fait Culoz-Annecy. Parfois, aussi, ils l'envoyaient dans le Massif central. Il soudait à l'argon, mon vieux. On met de la terre glaise sur le rail, on plante les baguettes d'argon dedans, on allume, puis on se tire à toute vitesse pour pas se faire cramer. Une fois la soudure faite, faut revenir meuler pour égaliser le rail. Mon père aimait son travail parce qu'étant jeune il avait connu la ferme, les bêtes. C'était un Beauceron, sa famille avait une grande ferme à Valpuiseaux, un petit village de la Beauce.

« Fais jamais les bêtes, qu'il me disait en fumant sa pipe. Les bêtes, c'est un esclavage.

Debout cinq heures, couché à la nuit, et pas de samedi-dimanche, jamais de vacances ! »

Alors que là, il s'arrêtait le vendredi soir et arrivait à la maison le samedi matin avec sa grosse Opel noire.

« Tu vois mon Nan, c'est une six cylindres en ligne, ça c'est de la voiture ! » Et il ouvrait le lourd capot en acier : « C'est une six cylindres en ligne, tu peux y aller, elle en a dans le ventre ! Regarde-moi ces culasses ! Et t'as rien vu encore, y a des pistons gros comme ma cuisse, là-dedans ! » Il hésitait jamais à lever le capot devant le regard ébahi des montagnards qui, le mégot de maïs au coin des lèvres, regardaient tout ça comme une apparition de la Sainte Vierge.

J'avais cinq ans. Mes galoches de montagnard aux pieds et mon cartable au dos, j'allais à la maternelle en sautillant et sifflant à travers prés avec le regard émerveillé du gosse qui découvre la vie. Au printemps, je suivais le ruisseau qui descendait de la montagne et serpentait jusqu'à l'école. J'étais comme l'eau, j'étais vif, je courais à la vitesse du courant pour retrouver la maîtresse d'école que j'aimais beaucoup. Pas autant que ma mère quand même.

Un samedi, mon père arrive dans sa six cylindres et il décide de nous emmener voir le barrage de Génissiat. Mon frère Bernard n'était pas encore né. Ma sœur Marie-Thérèse venait d'avoir deux ans. Nous étions déjà quatre enfants, Anita, moi, Jean-Jacques et Marie-Thérèse. Au moment de partir, ma sœur Anita fait une crise : elle ne veut pas monter dans la voiture. Ma mère et mon père se mettent en colère, mais rien n'y fait, elle s'accroche à la carrosserie, elle donne des coups de pied. Finalement, ma mère laisse Anita chez les Belmont, la ferme qui se trouve à deux cents mètres de chez nous. Nous voilà partis pour le barrage de Génissiat, mon frère Jean-Jacques et moi installés à l'arrière et ma petite sœur Marie-Thérèse à l'avant dans les bras de ma mère. Il n'y avait pas de ceinture de sécurité à cette époque-là, pas de sièges pour les bébés.

On passe la journée près du barrage, on pique-nique au bord du lac. Une belle journée, vraiment. Le barrage me fait peur, trop grand, bien trop grand, et trop bruyant aussi, mais mon père est comme ça, il trouve ça magnifique, le barrage de Génissiat.

« Un jour, je vous emmènerai voir le pont de Tancarville ! »

Rien que des trucs qui foutaient la trouille pour des mômes de quatre et cinq ans. Il y connaissait pas grand-chose aux enfants, mon père. Parfois, le samedi soir, pour soi-disant régler des affaires, il me prenait avec lui, et il me laissait là, en pleine campagne, en pleine montagne, jusqu'à la nuit tombée, dans la voiture sur le bas-côté, pendant qu'il devait tromper ma mère avec une paysanne. Je regardais les corbeaux freux dans les arbres à travers les vitres, puis j'entendais les chouettes hululer dans un ciel violacé d'orage. Je voyais de la lumière filtrer à travers les ouvertures, là où il était entré. Je guettais la porte, parce que je m'ennuyais ferme dans l'Opel noire comme un corbillard. Je me sentais comme un chien abandonné. Quand il se remettait au volant il sentait mauvais, des parfums de femme à deux balles, c'était écœurant. On rentrait à la nuit, moi tout seul à l'arrière. Je lui servais d'alibi : on trompe pas sa femme devant son gosse. Mais ma mère, à la fin, elle savait, parce que ça jase dans les campagnes.

« Oui, oh, c'est pas la peine de faire ton malin, hein ! Je suis au courant pour la Marie Belon, qu'elle lui disait, t'as pas honte, non ? Des gamines de vingt ans ! Tu lui as emprunté de l'argent en plus, à ce qu'on m'a dit ? »

Dans ces cas-là, mon père faisait le blaireau.

« Quoi ? Qui ? Qu'est-ce que c'est que ces histoires ?! Non mais, où ils vont chercher tout ça ?! Mais ma Suzon, je t'aime, moi, ça me viendrait jamais à l'idée de te tromper ! »

Toujours sa grande gueule. Moi, je dormais pas, j'entendais tout. Ensuite, ils se rabibochaient sur l'oreiller parce qu'elle l'aimait son Lulu, ma mère.

Ce jour-là, le jour du barrage de Génissiat, on s'était baignés dans le lac et puis on était repartis. Dès qu'il y avait un bistrot d'ouvert sur la route, mon père s'arrêtait pour boire. On attendait dans la voiture, c'était chiant. Zioum ! Rezioum ! faisaient les autres voitures qui nous passaient à ras de la carrosserie pendant qu'on l'attendait. Ma mère en avait marre, avec la petite sœur dans les bras. Elle était patiente ma mère, trop peut-être. Elle râlait quand il revenait se mettre au volant, mais lui il disait « Si un travailleur de force peut plus boire un verre de temps en temps sur la route avec sa paye ! »

C'était une route en lacet, celle qui nous ramenait vers le Grand Colombier, une vraie route de montagne avec des ravins profonds. Dans un virage à droite, on a perdu une roue, la roue avant droite. L'Opel s'est plantée sur la fusée en plein virage et la voiture est montée en flèche pour passer par-dessus le parapet comme un sauteur à la perche. On était au bord d'un ravin.

« Mettez-vous sous la banquette ! » a hurlé mon père.

Mon frère Jean-Jacques et moi, on a juste eu le temps d'obéir avant que la voiture fasse un premier tonneau par-dessus le parapet en pierre. La chute a été longue. On a fait cinq ou six tonneaux.

Ça faisait un de ces baroufs, toutes les vitres qui éclataient pendant les tonneaux ! Normalement, on aurait dû tous y passer, sauf que mon père a eu une super idée : en soutenant le toit de la voiture avec ses deux mains pendant toute la chute il a servi d'étai, ce qui fait qu'on a pas été écrasés dans la carrosserie. Il était fort, mon père, un peu comme Jean Valjean. Dans la Beauce, ses parents avaient une carrière de pierres à Valpuiseaux, à côté de la ferme. Tout jeunot, il cassait des cailloux mon vieux, et il les livrait à Chartres.

Une fois la voiture immobilisée au fond du ravin, on s'est extraits du tas de ferraille. Mon frère et moi, on était indemnes, pas une égratignure. Mon père avait les poignets qui pissaient le sang. Ma mère n'avait rien, mais elle n'avait plus ma petite sœur dans les bras. Elle était passée par le pare-brise durant la chute. Ma mère criait, elle cherchait sa fille partout dans le ravin, elle essayait de soulever l'épave, elle imaginait la gosse écrasée sous la voiture. Mon père aussi cherchait, avec ses mains pleines de sang.

C'est lui qui a retrouvé Marie-Thérèse, dans un buisson. Il l'a ramenée vers nous. Elle était toujours dans sa couverture, couverte de sang et pleine d'éclats de verre du pare-brise. Ma mère s'est mise à crier. « Oh non ! Oh non ! Ma petite chérie ! » Mais mon père l'a rassurée : « Elle a rien, c'est mon sang, elle a rien. »

On est remontés, vers la route, c'était vachement pentu. Le parapet en pierre était tout démoli. Mon père a fait du stop avec ses mains sanglantes qu'il avait enveloppées dans des chiffons pleins d'huile de vidange.

« Alors, que je lui disais, tu vois ta six cylindres ! Ah, elle est jolie, ta six cylindres ! »

Il disait rien, mon père ; pour une fois, c'est moi qui l'engueulais et il répondait pas. Ça l'avait dessoûlé, les six tonneaux.

« Non mais, regarde-la, que j'insistais, regarde-la, ta six cylindres ! Oh, ça, c'est de la voiture ! Six cylindres en ligne, mon vieux ! »

C'est ma mère qui me l'a raconté. J'étais bien remonté contre mon père ce jour-là, elle disait. Je devais en avoir marre de sa vantardise, et le choc m'avait libéré, je l'apostrophais comme un adulte, paraît-il, et lui qui disait rien, il me laissait l'engueuler et me moquer de lui, tout blanc avec ses chiffons sanglants autour des mains. La six cylindres n'était plus qu'un tas de ferraille en bas d'un ravin comme on en voyait de temps à autre dans la région.

Une voiture s'est arrêtée, puis une autre, et on nous a emmenés à l'hôpital. Le soir même, on était tous rentrés à la maison, sauf ma petite sœur qu'ils ont gardée deux semaines en observation parce qu'elle avait perdu la parole. Elle était muette, Marie-Thérèse. Le choc, certainement.

Elle ne gazouillait plus, ne disait plus ni papa ni maman. Rien, pas un mot, pas un son. Et puis c'est revenu, et un mois plus tard l'accident était oublié.

Je me suis toujours demandé pourquoi ma sœur Anita avait préféré passer la journée chez les Belmont, qu'elle n'aimait pas, plutôt que venir avec nous, pourquoi elle avait fait cette crise. Une prémonition je suppose, elle serait peut-être morte dans l'accident.

Un accident ? Pas si sûr que ça. Il ruminait, mon père : « Y a quelqu'un qui m'a scié le moyeu, on perd pas une roue sur une Opel, impossible, acier allemand, ça casse pas... »

Peut-être. Avec tous les ennemis qu'il se faisait chez les montagnards... Les jeunes filles qu'il dépucelait et qu'il laissait tomber. Il a été emmerdé, mon père. Les gendarmes sont venus le chercher, ils l'ont embarqué, ils le soupçonnaient d'avoir voulu se débarrasser de sa famille. Pas normal, d'après eux, l'arbre de roue qui casse sur une Opel.

« J'aurais trouvé un autre moyen, qu'il disait, si j'avais voulu me débarrasser de ma famille, j'aurais pas risqué ma vie, j'aurais pas laissé Anita toute seule, j'aurais empoisonné ma femme et j'aurais foutu les gosses à l'Assistance, voilà ce que j'aurais fait ! »

Il était comme ça mon père, nature.

Ma sœur Marie-Thérèse, ça n'avait pas dû lui suffire l'accident, parce que quelques années plus tard, en partance pour Meaux dans la grosse Vedette noire, elle a posé une question à mon père. Il roulait vite, toujours au-dessus des cent kilomètres à l'heure.

« Papa, c'est quoi un coup de frein ? » qu'elle lui a demandé.

Il a pilé à mort aussi sec et on est tous passés par-dessus la banquette, on a failli s'écraser contre le pare-brise.

« Voilà, ma nénette, c'est ça un coup de frein », qu'il a dit en redémarrant.

Une fois arrivée à Meaux, elle s'est bien fait enguirlander par ma mère, Marie-Thérèse. Moi, ça faisait longtemps que je lui posais plus de questions, à mon père. Si je lui avais demandé ce que c'était qu'un meurtre, il aurait pu tuer quelqu'un pour me montrer.

Avec la naissance de mon frère Bernard dans l'Ain, on allait être cinq enfants. Ma sœur aînée, Anita, née dix-huit mois avant moi, mon frère Jean-Jacques, né dix-huit mois après moi, ma sœur Marie-Thérèse, née dix-huit mois après mon frère, et maintenant Bernard, né deux ans après elle. On formait déjà une famille nombreuse.

Pour la naissance de mon frère Bernard, on avait été placés dans des fermes. Mon père travaillait en déplacement et personne ne pouvait nous garder à la maison. Moi, j'ai abouti en montagne, chez des fermiers. Pour aller à l'école, je partais à la nuit, à pied, à travers champs.

Je n'aimais pas ça, la vie des montagnards. C'était trop triste, trop sale. On avait toujours les galoches dans la gadoue. La salle où on mangeait était toute sombre, il y avait une grande table avec les assiettes creusées directement dans le bois. Les repas étaient simples, pas d'entrée, pas de dessert. Une longue louche de soupe au gruau avec une tranche de pain noir coupée par le fermier qui trônait en bout de tablée. Il était bon le pain, il était fait une fois par mois au four communal. Ce jour-là, ça sentait bon à dix kilomètres à la ronde. Je l'aimais beaucoup, cette odeur, je restais longtemps à la fenêtre comme pour l'écouter. La soupe était fade. Parfois on avait droit à un morceau de tomme, on était à la limite de la Haute-Savoie, sur les pentes du Grand Colombier. On traînait pas à table. À peine on était dehors que la fermière balançait un grand seau d'eau sur la table, tous les restes tombaient par terre et étaient emportés dans une rigole qui finissait chez les cochons. Y avait pas de déchets, pas de sacs-poubelle, pas de machine à laver la vaisselle parce que, de vaisselle, y en avait pas. On nous donnait une cuillère et un verre. Pas de couteau, pas de fourchette. On buvait l'eau qui descendait de la montagne, les bêtes buvaient la même, à l'abreuvoir.

Quand mon père est venu me chercher, j'en avais marre des montagnards. J'avais hâte de rentrer chez nous, de retrouver notre salle à manger avec ses deux grandes fenêtres qui s'ouvraient sur la campagne, de retrouver ma mère et d'avoir un dessert, gâteau de riz, riz au lait, tarte aux pommes ou clafoutis. Ma mère se débrouillait toujours pour finir le repas en beauté.

Mais n'empêche, quand j'y repense, ils avaient une vie saine ces montagnards. Très rude, sans confort, c'est tout juste si on dormait pas sur de la paille, mais le pain était bon.

À peine revenu de l'école, je grimpais dans un arbre en attendant l'heure de la soupe. Ils devaient me trouver bizarre. La fermière venait me chercher, j'étais dans les branches, avec les oiseaux.

Et puis on a déboulé dans le quartier Charonne, et c'est une tout autre histoire qui a commencé.

3

Quand on est arrivés rue des Maraîchers, j'avais six ans. C'était sanglant, le vingtième, en cinquante-sept. La nuit, ça défouraillait dans les rues. Un matin, en partant à l'école, j'ai trouvé un chargeur de 7,65 dans le caniveau. Il était plein. Je le montrais à mes potes sous le pupitre et le maître nous a gaulés.

« Qu'est-ce que tu caches, Aurousseau ?

– Rien, m'sieur. »

Il est venu et il a trouvé le chargeur.

Le directeur a appelé les flics qui m'ont emmené au commissariat des Orteaux où ils m'ont interrogé.

« Tu sais ce que c'est ?

– C'est des balles, un chargeur.

– Et comment tu sais ce que c'est qu'un chargeur, à ton âge ?

– Je sais pas comment je le sais, mais je le sais.
– Qu'est-ce qu'il fait, ton père ?
– Il travaille.
– Il travaille où ?
– Je sais pas.
– Il fait quoi comme métier ?
– Il conduit un Caterpillar.
– Tu en as déjà vu, chez toi, des chargeurs comme celui-là ?
– Non, m'sieur. Je l'ai trouvé en partant ce matin, dans le caniveau. »

Je leur ai montré, c'était à deux cents mètres de chez moi, vers la rue de la Croix-Saint-Simon. Ils ont regardé sous les voitures, y avait rien d'autre.

Ils m'ont ramené à l'école à l'heure de la récré.

Quand je suis rentré à la maison, j'ai compris que personne était au courant dans ma famille. J'ai rien dit. À quoi bon faire des histoires ?

Un voyou en cavale avait dû balancer le chargeur dans le caniveau pour garder le calibre mais sans bastos. Ça coûtait plus cher de se faire arrêter avec des balles dans le chargeur, il était plus facile de se procurer un chargeur que l'arme elle-même.

C'était mon premier interrogatoire au commissariat des Orteaux. Les flics avaient pas prévenu mes parents, j'étais retourné en classe comme si de rien n'était... Belle époque, on peut dire. Faut imaginer le bordel que ça ferait aujourd'hui. C'est vrai aussi que les chargeurs ont grandi en même temps que nous, c'est du kalach qu'ils perdent aujourd'hui, les voyous, moins évident à passer dans le cartable.

C'était plein de petites frappes teigneuses, le vingtième dans les années cinquante. Il fallait défendre son territoire au cran d'arrêt, à la chaîne de vélo. À la récré, baston obligatoire. Tout de suite, dès le premier jour d'école, fallait rentrer dans le lard des grands pour se faire respecter. Moi, j'avais deux petits frères à défendre. Je tapais sec, une droite nerveuse à la mâchoire et ils y revenaient pas. J'ai été craint tout de suite, noté comme particulièrement susceptible.

Parfois, mon petit frère Jean-Jacques venait me chercher : « Y a un grand qui m'embête... » J'allais trouver le grand en question, je lui envoyais une droite sans prévenir, et s'il renaudait ça finissait par des morsures pendant que tous les mômes nous entouraient en criant « Du sang ! Du sang ! » Alors fallait que ça saigne, et à la fin les profs venaient nous séparer. Moi, j'ai jamais saigné, je faisais attention. C'est le sang qui prouve que t'es le plus fort, ou les marques le lendemain. La honte. Ce n'est pas que j'aimais me battre, au contraire, si j'avais pu éviter... C'étaient surtout ceux de la porte de Montreuil qui aimaient bien le baston. Il y avait une bande de terre qui encerclait Paris, elle se nommait *la zone*, et c'est sur cette zone que le périph a été bâti. C'était rien que des morveux qui habitaient là-bas, mais méchants, castagneurs. Ça raclait des pieds pour entrer en classe et ça cavalait à toute blinde pour en sortir.

Dès le début, j'ai jamais fait mes devoirs. Je rentrais à la maison et je balançais mon cartable dans la chambre. Ma mère, occupée à son ménage ou à la cuisine, me voyait pas passer. Avec mon copain Martial, un fils de marinier sédentarisé rue du Clos, on explorait le quartier, on montait jusqu'à la porte des Lilas, on allait sur la butte à Morel qui se trouvait au-delà de la porte de Bagnolet, juste après la zone. Il y avait des roulottes, des gitans, c'était une grande cuvette en friche où il y avait parfois du stock-car le dimanche, des bagnoles avec un rail de chemin de fer comme pare-chocs qui se tiraient la bourre. Et nous, les gosses, on descendait la côte de la mort à vélo. Elle était tellement raide qu'on finissait toujours dans les choux. Ça allait si vite qu'on faisait sauter les freins et qu'on allait dinguer dans les ronces. Personne n'est jamais arrivé en bas à vélo, pas même Martial qui était un casse-cou de première. Jamais personne est arrivé en bas de la côte de la mort.

Maintenant, c'est tout comblé, la butte à Morel, c'est des grands immeubles qu'ils ont construits dessus, c'est complètement mort tout ce coin-là, à gerber quand on a connu avant avec les roulottes des gitans, les chevaux, et tous les gosses qui jouaient partout. Il y avait un souterrain qui menait jusqu'au château de Vincennes. C'est par là que les rois de France pouvaient se tirer quand ils étaient assiégés. C'était interdit d'y aller, mais nous, le jeudi, on l'explorait. On avançait jusqu'à loin, il y avait des embranchements, des bifurcations, mais on est jamais parvenus au bout, on a jamais trouvé le chemin pour le château de Vincennes. On cherchait des armes de la dernière guerre parce qu'un joueur de trompette qui venait faire ses gammes sur la butte nous avait dit que les Allemands en avaient planqué.

« Y a des caisses d'armes enterrées quelque part là-dedans les gars, c'est un Allemand qui me l'a dit... »

On s'imaginait déjà en possession d'une caisse pleine de fusils d'assaut Mauser encore dans la graisse. Si on avait trouvé des grenades à manche, inconscients comme on l'était, on se serait fait sauter la tronche. Heureusement pour nous, on a jamais trouvé l'ombre d'une arme, même pas une douille.

La dernière fois que j'ai revu mon copain Martial, c'était en promenade, à Fleury. Il était tombé pour une broutille. On s'était pas vus depuis des années, moi j'étais monté en vrille dans la criminalité et lui non. Je lui ai dit bonjour et au revoir, on jouait plus du tout dans la même cour. Moi je tournais avec des tueurs, des types qui étaient là pour vingt piges.

4

Au 83 rue des Maraîchers, il y avait une grande cour pavée avec une partie abritée de la pluie par une verrière en verre armé et, bâties contre le mur de l'immeuble d'à côté, trois pièces en enfilade. Des pièces nues avec juste des ampoules au plafond et un évier. Pas d'eau chaude, un poêle à charbon et une gazinière. Dans la première pièce, là où les parents avaient installé la salle à manger et la cuisine, il y avait une large baie vitrée d'atelier parisien. On y caillait à mort l'hiver, mais on avait de la lumière. Dans la deuxième pièce, il y avait le lit de mes parents et une armoire.

Nous les gosses, on dormait dans la pièce du fond, dix mètres carrés et pas de chauffage, les trois garçons dans un lit et les deux filles dans l'autre. On se lavait à l'eau froide, à l'évier. Il y avait un chiotte à la turque dans la cour, et c'est tout. Eux là-bas, dans les HLM, à la porte de Montreuil, ils avaient déjà la douche.

Ma mère nous a toujours tenus très propres, on partait pas à l'école sans qu'elle nous mate dans les oreilles. Une fois par semaine, elle faisait bouillir de l'eau dans des lessiveuses et nous récurait dans un grand baquet, dans la cour.

La cour de la rue des Maraîchers, c'était quelque chose. C'était magique. Quand il n'y avait pas école, les mômes du quartier qui vivaient à l'étroit dans des appartements, même les plus riches, les fils uniques qui pouvaient s'acheter les albums de Tintin, ils y venaient tous, jouer dans notre cour.

Quand arrivaient les grandes vacances, on quittait le vingtième et on partait à Meaux. Mon père nous avait trouvé un bout de terrain au bord de la Marne. Une baraque qu'il avait eue pour cent francs quand il travaillait chez Bobo La Garrigue dans le quinzième. C'était un cabanon en bois qui appartenait à un nommé Joseph le Polonais. Mon père lui avait acheté et l'avait agrandi, il en avait fait une petite maison en planches de quatre pièces, au toit en tôle ondulée. On y passait toutes nos vacances. La Marne était très propre, on y pêchait des goujons. On avait une barque, je ramenais des perches. On passait les trois mois d'été dehors et j'aimais entendre la pluie sur la tôle ondulée et le piétinement des piafs qui me réveillait le matin. On y emmenait en vacances des copains de la rue des Maraîchers, deux imbéciles dont l'un est mort et l'autre toujours vivant qui essaie de me joindre par internet.

Le premier s'appelait Gilbert et on l'avait surnommé « l'Œuf » parce qu'il avait une tête ovoïde et des yeux de poule. Le second se nommait Gérard. C'étaient tous les deux des fils uniques. Ils se faisaient chier comme des rats morts dans leurs appartements de la rue des Maraîchers, alors ils venaient jouer dans notre cour. Comme ils devaient s'emmerder en vacances avec leurs parents, ma mère les prenait avec nous à Meaux et ils passaient tout l'été au bord de la Marne. Qu'est-ce qu'elle était brave, ma mère, deux gosses de plus alors qu'elle en avait déjà cinq.

À Meaux, ils se débrouillaient comme des manches quand je les emmenais à la pêche. C'étaient des empotés malgré leur allure un peu plus sophistiquée que celle des autres gars du quartier. Toujours accrochés dans les branches, toujours emmêlés, ils avaient rarement un bouchon dans l'eau, et quand par hasard une perche venait se suicider en avalant leur appât, ils étaient infoutus de la sortir sans lui déchirer la gueule ou se planter un hameçon dans les doigts. Même pour la grenouille, ils avaient du mal. Alors je me levais avant eux et je partais en loucedé comme un Sioux pour pas qu'ils se réveillent. Parfois, ils me cherchaient, j'étais obligé de me cacher. Ils appelaient dans la campagne, ils piétinaient au bord de l'eau, « Ah, il a pris la barque… Il doit être à la péniche… » Ils parlaient fort. Leurs voix résonnaient sur l'eau. Le temps qu'ils arrivent à la péniche, une épave où je prenais des perches, j'étais déjà de l'autre côté de la Marne.

Ma mère, elle faisait attention à Gilbert, elle avait peur qu'il se blesse.

« Tu feras bien attention, mon chéri, qu'elle me disait. Tu laisseras pas Gilbert ramer près du barrage, tu me promets. »

Un matin, elle l'avait retrouvé attablé avec un bol devant lui. Il s'était levé avant nous parce qu'il avait faim. Il s'était gouré, l'Œuf, il avait pris un grand bol d'une pâtée qui était dans le garde-manger. C'était de l'appât pour les poissons que mon père avait préparé la veille. Il avait tout avalé quand ma mère l'avait trouvé devant son bol. Nous aussi, les cinq gosses, on s'était levés et on le regardait, ébahis.

« Fallait pas manger ça, qu'elle lui disait ma mère, c'est de l'appât que Lulu a préparé pour les brèmes… »

Il est devenu tout blanc, l'Œuf, puis tout vert, il s'est levé en courant et il a tout vomi sur le pas de porte.

Il n'était pas bien futé, à cause de ses parents qui ne lui laissaient rien faire. Il a fini fleuriste et il est mort d'un cancer dans les années quatre-vingt. C'est ma sœur Anita qui m'a appris ça. Ma sœur Anita, elle s'est toujours tenue informée de ce que devenaient nos copains et copines du quartier Charonne.

5

Ma sœur Bernadette est née rue des Maraîchers. Elle est née à la morgue, ma petite sœur, mon père était bourré, il s'est gouré et il a déposé ma mère dans les couloirs de la morgue alors qu'elle perdait les eaux.

Avec la naissance de Bernadette, ça faisait six gosses, une famille nombreuse. On avait droit à des réductions pour prendre le métro, et le train aussi, mais le train on le prenait jamais. Je l'ai pris une seule fois dans les années cinquante pour aller en colonie de vacances avec les scouts. Parce qu'elle m'avait mis chez les scouts, ma mère. J'ai pas tenu plus d'un an. Fallait prendre du grade, et moi j'aimais pas ça. C'était mal vu, chez les scouts, de pas aimer les bouts de tissu colorés, les rubans, les insignes qu'on nous accrochait à la chemise ou sur le béret. « Après, tu seras éclaireur de France ! » qu'ils disaient les chefs scouts.

Je restais toujours sans galons, je me voyais pas à la tête d'une colonne. J'ai tout fait pour pas avoir d'avancement. Je me mêlais de rien, je restais un louveteau bien discret, mais à la fin les chefs m'ont repéré et je me suis fait houspiller, alors j'y suis plus retourné. Dès qu'on me parlait un peu mal, je me butais.

J'y suis resté un mois, en colonie de vacances. Je faisais que des conneries, si bien qu'ils m'avaient surnommé « P'tit Clown ». Quand je suis revenu, en train, j'ai attendu jusqu'à la nuit avec un éclaireur dans le grand hall de la gare de Lyon que mon père vienne me chercher. Finalement, c'est les flics qui m'ont ramené rue des Maraîchers. Ma mère et mes frères et sœurs étaient à Meaux, et mon père m'avait tout simplement oublié.

« Il doit être au café », j'ai dit aux flics.

Ils l'ont trouvé dans un café de la rue. Il était tout étonné de me voir là, avec mon grand sac à dos d'adulte qu'il m'avait dégotté à l'arrache et dont j'avais honte parce que, quoi que je fasse avec les sangles, il me descendait jusqu'aux mollets.

Quand on est gosse, on est vachement philosophe, n'empêche.

6

Il n'avait pas que des défauts mon père. Il avait même des qualités. Quand il avait pas bu, il était sympa. Le dimanche, il se rasait et se mettait de la brillantine. Il nous emmenait alors manger une frite aux puces de la porte de Montreuil et on écoutait les manouches jouer du Django Reinhardt dans les rades, ou des accordéonistes qui faisaient danser les gens. Il était travailleur, mon père. Il avait bossé chez Magny, à Neuilly-Plaisance, à EDF, à la Viafix aussi, au télégraphe, comme mécanicien. S'il s'était pas bourré la gueule comme un Polonais, on aurait eu ce qu'il fallait pour vivre parce que tout le monde lui apportait sa bagnole à réparer et il y passait ses week-ends. Il s'était fait un petit atelier dans la cour et il y avait toujours une ou deux voitures le ventre à l'air, avec mon père penché à l'intérieur ou couché dessous.

« Écoute, qu'il disait, écoute ça mon Nan... »

J'écoutais le moteur tourner.

« Une horloge, qu'il disait, réglage des vis platinées, au centième... »

Il faisait lui-même le rodage des soupapes, avec une pâte abrasive, au pied à coulisse.

Mais il avait l'alcool mauvais et ça foutait tout en l'air. Quand les voisins en avaient marre de l'entendre gueuler, ils appelaient les flics.

« Ben alors, qu'ils lui disaient les flics à mon père, ben alors monsieur Aurousseau, faut pas vous mettre dans des états pareils... Il paraît que vous tapez votre femme, devant les enfants ?

– Hein ?! qu'il faisait mon père d'une voix toute changée, une voix mielleuse, moi, taper ma femme ?! Ça va pas ou quoi ? Ah, je comprends, c'est les voisins... La jalousie, pour la cour ! »

Alors il sortait dans la cour et montrait du poing les fenêtres des immeubles qui s'élevaient à droite et à gauche.

« Moi taper ma femme ?! Saloperie ! À la schlague, que je vais vous manier, moi ! Prisonnier, en stalag ! Deux tentatives d'évasion ! Sabotage sur les segments, moi ! *Arbeite*, pourriture ! Au gnouf, tous les collabos ! »

Les flics le faisaient rentrer gentiment, ils avaient la trouille, il était grand, mon père, très costaud, ils en seraient pas venus à bout si ça dégénérait en bagarre, même à quatre.

« Demandez-lui, à ma femme ! Hein, ma Suzon, dis-leur si je te tape, moi. »

Ma pauvre mère répondait que non, monsieur l'agent, c'est rien, ça va aller, il va se calmer, il a un peu bu, mais ça va aller…

« Travailleur de force, qu'il continuait avec des sanglots dans la voix, mon père. Six litres par jour, levé cinq heures, couché minuit… Deux évasions, Françouse au gnouf ! Saboteur, moi, monsieur ! Les segments, moteur à explosion, braoum ! En pleine gueule du chauffeur, la culasse !

– Ben justement, répondaient gentiment les flics en le poussant vers la chambre, justement, monsieur Aurousseau, faut aller vous coucher maintenant, vos enfants sont fatigués, demain il y a école… Elle est finie depuis longtemps la guerre, vous pouvez dormir tranquille…

– Mes enfants, mes braves gosses… »

Il nous prenait dans ses bras, il pleurait, il haletait, il faisait pitié, vraiment. Alors les flics repartaient sur un dernier sermon. Il jouait bien la comédie, mon père.

Après, il se vengeait sur nous en disant que dès le lendemain il nous noierait comme une portée de chatons en nous enfermant dans des sacs à charbon, il nous balancerait dans la Marne. On y croyait, nous, on avait la trouille. Moi, je faisais des cauchemars éveillé, je voyais un homme tout habillé de noir, grand, maigre, avec des yeux rouges. Il se tenait debout au pied de notre lit, une sacoche en cuir sous le bras. Il restait là, sans rien dire, il me regardait fixement et j'avais peur. Je me mettais sous les draps et j'attendais. D'autres fois, il était encore là quand je sortais la tête. Parfois, il restait dans la cour, il me regardait à travers les vitres de la fenêtre, longtemps, livide, sérieux comme la mort.

Un jour, je devais avoir treize ans, j'en ai eu marre. J'ai décidé de tuer mon père. Il aurait un accident et on aurait la paix. J'ai dévissé la roue avant de sa mobylette pendant qu'il dormait. Mais le lendemain il est rentré du boulot comme d'habitude. J'étais pas doué pour l'assassinat. Alors j'ai laissé tomber et il a continué à nous pourrir la vie. Ça faisait déjà longtemps qu'il la tapait ma mère. Il avait commencé en cinquante, il l'avait giflée parce qu'elle s'était servie de son rasoir pour couper du lino. Un Solingen tout neuf.

7

On partait pour l'école vers huit heures un quart. On y allait à pied, au 40 rue des Pyrénées, en dix minutes. À midi, on rentrait pour déjeuner. On a jamais été à la cantine, ma mère était contre. Elle faisait une bonne cuisine familiale. Elle allait faire ses courses avec sa copine Jacqueline, une couturière qui habitait au 100 rue des Maraîchers, ou alors avec Simone, une autre copine, une cavaleuse qui avait des amants dans tous les bars du quartier. Elles allaient rue d'Avron et achetaient des légumes aux marchandes de quatre saisons qui descendaient des potagers de Montreuil avec leur voiture à bras. C'était pas cher, les légumes, ça venait d'à côté. C'est pour ça que la rue se nommait « des Maraîchers » : en passant la zone à la porte de Montreuil, on déboulait presque directement dans les grands champs potagers de Montreuil. Quand les boutiques ont commencé à vendre des goldens, c'était râpé. C'est la golden qu'a tout foutu en l'air, avec les « ronds rouges » d'Elf, le premier teasing publicitaire. « Les ronds rouges arrivent », c'était écrit en énorme sur des affiches avec un immense rond rouge. Moi, je croyais que c'étaient les martiens qui arrivaient.

Au début, rue des Maraîchers, il y avait encore un cocher qui remontait tous les jours la rue des Pyrénées. Il passait aux environs de huit heures, quand on partait à l'école. Après cinquante-huit, on l'a plus jamais revu. Ça devenait dangereux pour le cheval, la rue des Pyrénées, y avait le bus et des grosses voitures qui klaxonnaient, des Vedette, des américaines aux pneus blancs avec des dents chromées.

Avec sa copine Simone elle rigolait bien ma mère. C'était plein de voyous, dans les bars du quartier, de macs aussi. Ma mère, elle y entrait pas dans les bars, elle préférait prendre un café chez Jacqueline qui cousait à domicile. Ensuite, elle rentrait laver le linge, faire son ménage et préparer la cuisine. C'était toujours propre chez nous, et notre linge était soigneusement repassé. Quand mes grands-parents avaient la blanchisserie à Montmartre, ils plaisantaient pas avec le repassage. C'était ma mère qui livrait les chemises aux maquereaux. D'après ce qu'elle en disait, ils étaient très regardants sur le repassage, les macs de Montmartre, mais très polis, très élégants, et pas avares sur le pourboire. Ma mère, c'était ce qu'elle préférait livrer, les chemises des macs.

Parfois, elle nous emmenait, mon frère Jean-Jacques et moi, faire les courses rue d'Avron. Tous les marchands de quatre saisons la connaissaient. Ils étaient très gentils, et ils mettaient chaque fois un peu plus que le poids, donnaient une salade en rab, offraient des poires qui venaient des vergers de Montreuil. On remontait toute la rue comme ça, c'était joyeux, ma mère s'arrêtait pour causer avec ses copines tandis que mon frère et moi on restait bien sages en encaissant les compliments. « Qu'est-ce qu'ils sont beaux, tes deux gosses ! Ça grandit, hein ! Ton Nan, ça va être un cavaleur de première ! » Moi, je savais pas ce que c'était qu'un cavaleur de première, j'attendais en tenant la main de mon petit frère.

Puis on remontait jusqu'à la porte de Montreuil. Il y avait une épicerie italienne où ma mère achetait ses pâtes. C'était un couloir, l'épicerie italienne. L'épicier avait tiré des fils comme pour étendre le linge, il y suspendait les pâtes fraîches. Ça faisait des grandes vagues blanches au plafond. Il les découpait en bandes minces d'au moins cinq mètres de long et les mettait à sécher là-haut. Ma mère en prenait pour nous huit. Il montait sur un escabeau et attrapait les pâtes à pleines mains. C'était chouette, ça sentait bon, c'était tout frais encore.

On revenait par la rue des Rasselins, on passait devant chez le coiffeur où mon père m'emmenait le samedi matin. On m'asseyait sur un rehausseur. La tondeuse faisait froid sur la nuque. Il était rude, le coiffeur, pas sympa. Il me pliait brutalement le cou en m'engueulant pour bien me tondre comme une brebis.

Le soir, à la maison, on se régalait. « La prochaine fois, tu lui prendras de la polenta, elle est bonne sa polenta », disait mon père en mangeant les pâtes fraîches. La polenta, c'était mon père qui la faisait, et aussi la fondue savoyarde. Nous, on aimait pas quand il se décidait à faire une fondue savoyarde, parce qu'il mettait trop de vin blanc. Ma mère était pas contente. C'était tellement alcoolisé, y avait que lui qui pouvait en manger.

8

Si on avait voulu savoir quel petit garçon j'étais entre six et dix ans, il aurait suffi d'ouvrir mon tiroir. Dans notre chambre, rue des Maraîchers, on avait une simple commode pour mettre nos affaires, et on avait chacun un tiroir. Si quelqu'un était venu fouiller le mien, il y aurait trouvé :

Un lance-pierre.

Un arc et des flèches faits maison.

Une boussole.

Un couteau avec un manche en résine dans laquelle était pris un scarabée.

Une carte de l'Antarctique.

Du fil et des aiguilles pour la couture parce que c'est moi qui fabriquais les habits de poupée pour mes sœurs.

Une vieille Winchester en plastique, reste d'une panoplie de cow-boy.

La recette du gâteau roulé qu'il m'arrivait de réussir.

Un petit livre d'énigmes et de jeux d'astuce avec l'histoire du décryptage des hiéroglyphes grâce à la pierre de Rosette.

Des dés.

Un jeu de cartes.

Des osselets.

Des billes, des agates et des gros calots.

Des roulements à bille de secours pour ma voiture, avec quelques outils de dépannage. (Je m'étais fabriqué une sorte de voiture en bois, avec une direction, qui roulait très bien sur le goudron, et je partais avec dans le quartier. Il fallait la tirer avec une corde sur le plat et dans les côtes ; par contre, dès qu'il y avait un peu de pente, ça fonctionnait parfaitement jusqu'au moment où l'un des roulements à billes qui servaient de roues se décrochait : je les clouais directement sur l'arbre de direction et au bout d'un moment, bien sûr, ils se décrochaient... Mais j'avais une boîte à outils derrière mon siège et je parvenais toujours à réparer pour rentrer à la maison.)

Un dérailleur de vélo.

Une chaîne avec des maillons.

Des câbles de frein et différentes gaines.

Un ballon de foot en cuir, que j'entretenais à la graisse de phoque.

Des chaussures de foot avec des crampons.

Mon tiroir était plein. Je mettais mes bandes dessinées dans une pièce spéciale, dans la cour, tellement j'en avais. Je lisais tout le temps, même à table. Mon père m'engueulait un peu, mais il s'était habitué.

J'étais un petit garçon simple, actif et démerdard, plutôt bon bricoleur.

En même temps, j'étais assez intériorisé, je m'intéressais aux énigmes et à toutes sortes d'aventuriers et d'explorateurs.

Comme tous les gamins, j'aimais bien trouver une friche d'usine pour casser les carreaux avec mon lance-pierre et faire sauter des boîtes de conserve avec des pétards.

Le quartier était très vivant, y avait plein de gosses dans les rues, ce n'était pas difficile de se faire des copains. Au quatorze juillet, il y avait bal dans beaucoup de rues, des bals populaires comme celui de la rue du Clos. Place de la Réunion, il y avait des musiciens qui jouaient de l'accordéon et les gens dansaient sur le trottoir. On allait aussi au bal des pompiers rue des Pyrénées. On était trop jeunes pour se battre mais on connaissait bien les petites frappes du quartier. On savait que Michel Méchin était armé. Il me fascinait, je cherchais à voir son calibre qu'il portait à la ceinture de son jean. Ils étaient toujours trois, on savait que c'étaient des braqueurs.

On les voyait aussi de temps en temps à la fête foraine, sur la place de la porte de Montreuil. Il était craint Méchin, pourtant il était sympa avec nous les gosses, on le regardait tirer à la carabine sur les stands et quand il gagnait un lot il nous le donnait.

Il a mal fini Méchin, il a buté deux motards de la gendarmerie rue Saint-Maur et il s'est fait descendre par les flics dans une piaule où il se planquait. Il avait pas vingt ans.

9

Pendant les grandes vacances, quand mon père venait nous retrouver à Meaux pour le weekend, il allait boire en ville et ramenait avec lui un tas de soiffards plus ou moins louches. Je me souviens d'un type très bien habillé qui restait jusque tard le soir. Le grand Serge, qu'il s'appelait. Mon père faisait des feux de bois et on devait sauter par-dessus sans se brûler, ce que je réussissais pas mal. J'avais remarqué que plus je passais vite à travers les flammes, moins je me roussissais les poils. J'aimais beaucoup ces soirées qui s'éternisaient près du feu avec les potes de mon vieux, des alcoolos, des traîne-la-rue qui chantaient des chansons paillardes que j'ose même pas écrire ici aujourd'hui ! Le grand Serge racontait des histoires. Il était marinier, il rapportait des draps de Hollande, possédait plusieurs maisons sur les bords de Marne, et un de ces jours il m'emmènerait faire un tour de péniche.

Par un bel après-midi du mois d'août, il était passé me prendre et on était partis tous les deux pour visiter une de ses fameuses maisons du bord de l'eau, bien après Villenoy. La veste sur le bras, il m'avait entraîné assez loin de notre cabanon en marchant à travers la campagne. On était arrivés dans une belle propriété privée. Il avait eu du mal à ouvrir le portail.

« Tu vois, mon grand, c'est là que j'accoste la péniche... »

On était remontés au moins jusqu'à Esbly. La Marne s'écoulait paisiblement dans la direction de Paris. Je ne voyais pas de port, pas même un ponton, tandis que Serge cherchait dans son trousseau la bonne clef pour le portail.

« Non, ça c'est la clef de Villenoy... Ah, je sais jamais laquelle est la bonne ! »

Il en avait beaucoup, des propriétés, le grand Serge. Les affaires avec la Hollande, ça rapportait un maximum, les draps surtout, il en amenait de temps en temps à ma mère. Elle aimait bien le grand Serge, ma mère, et mon père disait toujours « Serge, tu verrais ça, comment il est respecté à Meaux, connu partout comme le loup blanc... » C'était un très bel homme, les yeux bleus, un sourire qui emportait tout sur son passage, une prestance de félin. J'avais hâte de remonter avec lui jusqu'à Rotterdam dans sa péniche, comme il me l'avait promis.

Une fois le portail franchi, on s'était dirigés vers la maison qu'il avait eu beaucoup de difficultés à ouvrir. Là encore, il trouvait pas la clef dans son trousseau. C'était une très belle maison de maître, avec un grand escalier en pierre. Il y venait jamais, il préférait vivre en ville, à Meaux. L'intérieur de la maison était sombre et il m'avait fait visiter toutes les pièces. Il ouvrait les armoires.

« Tiens, tu vois, ça, ça vient de Hollande... »

Les armoires étaient pleines de draps. Il y avait des tableaux aux murs, des objets d'art sur les cheminées et les commodes. Tandis qu'il me faisait visiter, il en profitait pour faire un peu de ménage. Il avait mis des gants pour pas se salir.

« Toutes ces vieilleries, ça commence à me fatiguer... Tiens, je vais profiter qu'on est là pour préparer mon voyage en Hollande, donne-moi un coup de main, on va mettre tout ça dans l'entrée, je viendrai demain avec la péniche et j'irai vendre toutes ces vieilleries là-bas... »

Je l'avais aidé et on avait mis tout un bric-à-brac de tableaux et de bibelots devant la porte d'entrée, des statuettes en bronze qui traînaient sur les cheminées. Je portais les trucs légers, je l'aidais à pousser des commodes.

« Tiens, ma salope, qu'il disait rageusement,

en sueur, portant dans ses bras un énorme taureau en bronze, tu le reverras pas, celui-là ! C'est pour elle, qu'il m'expliquait, pour cette salope de Mado, que j'avais acheté tout ça et puis, zou ! elle m'a fait la malle ! De l'ivoire ! Du bronze ! Des corridas ! Et puis quoi encore ! »

Il avait étalé un drap sur le parquet dans le salon. On n'y voyait rien, les volets étaient fermés. Il devait avoir des yeux de chat le grand Serge, il ouvrait les lourdes armoires en noyer.

« Terminées les réceptions, on mangera comme tout le monde, dans la cuisine ! »

Et il mettait les boîtes pleines de fourchettes en argent aux manches en ivoire posées sur de la soie blanche sur le drap, avec des belles assiettes aussi.

« On achètera nos couverts à Monoprix, des fourchettes en inox, des manches en plastique. C'est des salopes, mon Nan, faut jamais leur faire confiance ! »

Il en avait gros sur la patate, Serge, elle lui avait fait du mal, la Mado.

« Tiens, faut mieux en rire, qu'il disait dans un sanglot, regarde-moi ces vieilles croûtes… On fait du propre. J'vais me prendre une nana qui aime que le moderne, au clou les chandeliers ! »

Au bout de deux heures, on avait tout enlevé, l'entrée était pleine. Le drap une fois rempli, il en avait fait un paquetage en nouant les quatre coins et il l'avait traîné dans l'entrée. Il avait voulu me donner cinq francs pour le coup de main, Serge, mais j'avais refusé parce que je comprenais bien qu'il en ait marre de toutes ces vieilleries et de cette vache de Mado qui s'était barrée. Il lui en voulait, à celle-là, elle s'était tirée en laissant toutes ses affaires. Tout revendre en Hollande et mettre du moderne à la place, je trouvais que c'était une bonne idée, j'aimais beaucoup Monoprix, c'est là qu'on allait faire les courses avec ma mère.

« Dis, Serge, t'y vas quand, à Rotterdam ?

– Oh, ça devrait pas tarder, je vais y remonter... Si t'es encore en vacances, je t'emmène ! »

Une fois le ménage bien fait, il avait refermé la porte et on était repartis. Il avait pris des draps et quelques assiettes pour ma mère.

Ma mère avait dit non pour la vaisselle, elle en avait déjà trop, et il était reparti avec.

Après ce jour-là, on l'a plus revu, le grand Serge. Parfois, je demandais à mon père pourquoi il venait plus, parce qu'il devait m'emmener à Rotterdam.

« Ben justement, il y est en Hollande, il fait des affaires là-bas, on le voit plus à Meaux... »

C'est des années plus tard que j'ai compris qu'il s'agissait d'un cambriolage. Il s'était servi de moi, le grand Serge. Se promenant paisiblement avec un gosse de neuf ans sur les bords de

Marne, puis pénétrant avec lui dans une propriété privée... Ils avaient dû revenir à la nuit, tout charger dans une camionnette et... se faire serrer à la fourgue ou sur la route, à un barrage. Il devait être en taule, le grand Serge, vers la fin du mois d'août, c'est pour ça qu'on l'avait plus jamais revu. Mon père devait le savoir, personne ne m'a jamais demandé ce que j'en pensais, de sa maison au bord de la Marne.

« Toutes ces vieilleries, qu'il disait en décrochant une toile, ces vieilles croûtes ! Tu vois, qu'il ajoutait, faut jamais faire confiance aux femmes, elle a laissé ses bijoux et elle s'est cassée avec mon meilleur copain ! Allez, zou ! En Hollande aussi, les bijoux... »

Il mettait les bijoux dans ses poches en disant que c'étaient toutes des salopes, qu'il faudrait que je me méfie plus tard parce qu'elles se tiraient en laissant leurs affaires et qu'ensuite on était bien emmerdé pour tout vendre aux fripes. Il ouvrait les grandes armoires.

« Tiens, regarde-moi ça ! Qu'est-ce que je vais en faire de toutes ces chaussures ? ! »

Il fouillait dans les poches des manteaux, regardait sous les piles de draps... J'étais bien naïf, innocent, j'y croyais à fond qu'on était chez lui, qu'on faisait du ménage, je pouvais pas la voir, la Mado en question. Heureusement qu'on s'est pas fait prendre en flag. Ça m'aurait fait du mal.

Quand j'ai compris ce qui s'était passé, l'image du grand Serge en a pris un coup mais elle s'était déjà bien effacée dans ma mémoire. C'est en faisant mon paquetage pour un transfert que tout m'est revenu. J'étais à Fresnes, en troisième division. Le maton était entré dans la cellule sans frapper.

« Aurousseau, paquetage, vous êtes transféré au CNO. »

Alors j'avais étalé une couverture sur le sol et j'avais mis mes affaires dedans. J'avais refermé le tout en nouant les quatre coins par-dessus quand, soudain, l'image du grand Serge nouant le drap dans le salon aux volets fermés m'était revenue. Et tandis que j'attendais qu'on vienne me chercher, je m'étais repassé le film : un casse, mec, c'était un casse ! Le trousseau de clefs ? Des passes. Et comment il avait fait son paquetage avec le drap : un habitué des transferts, le grand Serge !

Si mes sœurs avaient été en âge, elles seraient tombées raides amoureuses. Tant mieux qu'elles étaient encore gamines, il les aurait mises sur le trottoir, à Meaux ou en Belgique. Maintenant que j'y repense, il avait bien l'allure d'un mac, les chemises toujours impeccablement repassées. Il s'entendait très bien avec la grosse Josée qui avait sa caravane sur un terrain près du barrage. C'était une pute, Josée, elle en faisait pas mystère, elle tapinait à Paris. Elle était adorable, elle venait au mois d'août et vivait dans sa caravane que les bonnes sœurs lui avaient donnée. Elle hébergeait un clodo, René, un type tout maigre, son contraire. Il dormait pas avec elle, il dormait sous la caravane. Elle disait « C'est pas un imbécile, René, il est technicien en radio, en télévision. » C'était lui qui avait fabriqué un chargeur d'accus pour notre baraque, comme ça on avait l'électricité. Plus besoin des lampes à pétrole ni d'acheter du kerdane qui sentait trop fort. Moi, pourtant, j'aimais bien les soirées dans notre baraque avec les lampes à pétrole. J'écoutais la radio, *Dans les mailles de l'inspecteur Vitos*. Avec les lampes à pétrole, y avait beaucoup d'ombres, ça faisait encore plus peur.

La grosse Josée, elle me donnait cinq francs de temps à autre pour que je fasse le ménage dans sa boîte à bonbons. Elle s'habillait toujours en rose, que de la dentelle, je me souviens de ses immenses culottes qui séchaient sur un fil dans son terrain, on se serait cru à la foire du Trône, « Venez voir la femme la plus grosse du monde ! » Toute ma famille l'aimait bien, elle s'entendait parfaitement avec ma mère qui ne jugeait jamais ces femmes-là. Elle en avait connu beaucoup, des putains, ma mère, quand ils avaient la blanchisserie à Montmartre. Elle disait que les putains étaient bien plus généreuses que les bourgeoises. Je sais pas si elle recevait dans sa caravane, la grosse Josée, mais des fois c'est elle qui aidait ma mère pour les courses.

« Laisse, ma Suzon, qu'elle lui disait quand elles allaient faire le marché à Meaux, laisse, c'est moi qui régale. »

Elle devait le savoir que le grand Serge, c'était un voyou. Ils en savaient des choses, les grands, dans notre dos, et ils nous laissaient comme ça, dans notre innocence. Elle devait leur rappeler la leur qui était loin maintenant, embarqués qu'ils étaient tous dans le monde des adultes. Ils faisaient bonne figure malgré tout, sous le soleil de l'été, dans cette campagne encore intouchée des bords de Marne.

C'est fini tout ça, maintenant. J'y suis retourné, à Villenoy. À la place de la scierie qui sentait si bon, il y a une station d'épuration qui pue la merde, et plein d'immeubles en béton de l'autre côté de la passerelle au-dessus du barrage. La gare est devenue un déversoir de gens des cités qui partent dans des cars bourrés vers la Pierre-Collinet, vers Beauval. Les bords de Marne ne sont pas entretenus, personne n'y vient plus pour se baigner ou faire de la barque. Les jeunes ne pêchent pas, ils restent là-bas, vers Beauval, dans le béton, ils dealent, regardent la télé, scotchés devant leurs jeux vidéo.

Le grand Serge doit être mort et la grosse Josée aussi. Là où se trouvaient nos cabanons, il y a un trou, une friche de carrière. C'est entouré de grillage mais j'y suis allé. J'ai vu une tente Quechua planquée dans le fond du trou. Et puis un vigile m'a repéré de loin, il gardait la sucrerie, les silos au bord du chemin de fer. Il m'a regardé, debout près de sa voiture, la portière ouverte. Je lui ai fait des signes avec les bras, il n'a pas bougé, comme un chien aux aguets. J'étais loin, pour m'approcher il aurait dû quitter son poste, faire un long détour. Il était bien emmerdé. Alors, je l'ai oublié. Je cherchais à situer où se trouvait notre cabanon. Il était là, à l'emplacement du trou. Pourquoi ils étaient venus prendre de la terre ici, juste à l'endroit de mes souvenirs ?

10

Mon premier amour a duré dix minutes et je n'ai jamais su son nom. C'était au mois de mai, un jeudi, aux environs de quatorze heures, je venais d'avoir dix ans. Je sortais du 83 rue des Maraîchers, pour aller retrouver mon copain Patrick Mettay qui habitait avec ses parents dans un meublé rue d'Avron. J'avais à peine fait une dizaine de mètres qu'elle m'est apparue. C'était une petite fille avec un visage qui m'a rendu fou d'amour en quelques secondes. Elle était loin, pourtant, tout au bout de la rue, mais j'avais un regard d'aigle. Elle était vêtue d'une jupe rouge et d'une chemisette blanche. Elle marchait rêveusement vers moi. Je ne sais pas comment on peut nommer ça, ce désir fou de l'embrasser, de la prendre dans mes bras, qui m'a saisi soudain. Quand elle m'a vu courir vers elle, elle s'est arrêtée. Et puis, elle a pris peur et elle s'est sauvée. Mais elle ne courait pas bien vite, je l'ai rattrapée en quelques secondes et j'ai fait comme le prof de sport nous avait appris au rugby : un plaquage. On a roulé ensemble sur le trottoir. Elle criait et moi je comprenais pas. Elle se débattait comme une sauvageonne, elle me donnait des coups de pied. Elle s'était égratignée les genoux et les coudes en tombant. Je l'avais plaquée très correctement, pourtant. C'était juste devant l'épicerie, en face de Chez Marius, le café. Alors les gens sont sortis. L'épicière, une cliente, Marius, le patron du bar. Ils ont aidé la petite fille à se relever, elle pleurait. Tous ces gens-là me connaissaient et je me suis fait engueuler. « C'est pas comme ça qu'il faut faire », m'a dit l'épicière quand je lui ai expliqué que je voulais seulement l'embrasser. « Je l'aime », j'ai dit. Mais les adultes m'ont repoussé. La gamine avait la trouille, elle osait pas me regarder. Elle a dit où elle habitait et ils l'ont raccompagnée vers chez elle, de l'autre côté du cours de Vincennes, dans le douzième. J'ai été malheureux toute la journée, et puis je l'ai oubliée parce que j'étais très occupé.

Parfois, il m'arrivait de me promener de l'autre côté du cours de Vincennes dans l'espoir de la retrouver, mais je ne l'ai jamais revue. J'espère qu'elle est toujours en vie et qu'elle se reconnaîtra si elle lit mon livre.

11

Je lisais beaucoup de BD. Mon héros se nommait Blek le Roc et je suivais ses aventures dans *Kiwi*. Roddy, le professeur Occultis, le Petit Ranger aussi, et la fin de l'histoire du Petit Duc qui se déroulait dans des paysages étranges, des paysages rocailleux pleins de lianes. J'allais acheter *Kiwi* tous les jeudis dans une librairie de la rue des Orteaux. Je m'installais sur le marchepied d'une vieille voiture abandonnée devant notre porte et je dévorais les aventures de Blek le Roc.

Il y avait une bibliothèque de quartier rue de la Croix-Saint-Simon. Elle était tenue par une femme assez sévère et il y régnait un silence religieux. J'y allais pour lire les albums de Tintin parce qu'ils coûtaient trop cher pour mes parents. *Kiwi* une fois par semaine, ça faisait déjà un trou dans le budget.

À chaque fin de mois, on avait plus rien à manger à la maison. Comme ma mère avait honte, c'était moi qui allais à l'épicerie demander du crédit.

« Ma mère demande si vous pouvez nous faire crédit jusqu'au payeur ? »

J'aimais pas ça, demander « le croum », comme disaient les adultes. Mais j'étais bien obligé, sinon on aurait rien eu à manger. L'épicière m'a jamais dit non.

Le « payeur », le type qui venait verser les allocations familiales, finissait toujours par passer avec sa sacoche en cuir pleine d'enveloppes. C'était tout en liquide, pas de banques, pas de chèques. Il s'est fait attaquer plus d'une fois, le payeur. Ma mère attendait à la date précise, et quand il passait pas, elle disait « Il a dû se faire attaquer en bas de la rue… Ils peuvent pas faire ça après le 83 ? »

12

J'étais pas mauvais à l'école, jamais premier, jamais dernier. Mon frère Jean-Jacques, lui, avait du mal à suivre. Il avait été placé en « classe de perfectionnement ». C'était un pourrissoir. Ces salauds, y a pas d'autre mot, y mettaient les élèves en difficulté. Les gosses passaient toute leur scolarité au rebut avec un professeur archinul, une sorte de vieux garde-chiourme qui se faisait insulter et cracher dessus à longueur de journée. Quand on était punis, nous les élèves ordinaires, on nous envoyait y faire un tour. J'y suis allé une fois, parce que j'avais répondu au prof. Les élèves hurlaient, se battaient, le maître se cachait sous son bureau pour éviter les jets d'objets. Il y avait des dessins porno au tableau. J'étais resté une heure là-dedans et je voulais plus jamais y remettre les pieds. Le maître gueulait « Silence ! »

tous les quarts d'heure et ça se calmait un peu. Il appelait un élève et le faisait mettre à genoux sous le bureau tandis que les autres lui jetaient des boules de buvard imprégnées d'encre qui faisaient des taches partout.

Quand un gosse échouait en classe de perfectionnement, il y restait jusqu'au bout de sa scolarité. Il était foutu. Ma mère avait essayé d'en faire sortir mon frère. « Il est trop tard, madame, lui avait répondu le directeur, bien trop tard, il ne pourra jamais rattraper les autres. »

Et ce pauvre type de prof, Gambon qu'il s'appelait, qui écrivait des poèmes pendant les heures de cours ! Des alexandrins qu'il allait faire photocopier rue du Volga. Je le sais, parce que j'y ai travaillé, rue du Volga. J'y ai bossé en tant que tireur de plans pendant un mois, et Gambon m'apportait ses poèmes à photocopier. Mon petit frère était encore dans sa classe. Ils étaient ringards, les poèmes de Gambon. Il y croyait, pourtant, il les pondait dans le brouhaha et les insultes, la blouse grise pleine de taches d'encre, et il les apportait en sortant de l'école. Je lui photocopiais ses conneries et il repartait avec sa sacoche, pitoyable dans son costume étriqué, étranglé par la cravate réglementaire. Il remontait d'un petit pas saccadé vers le boulevard Davout en relisant ses alexandrins, certain de tenir une œuvre. Avec sa barbichette, il se prenait pour un grand poète, Gambon, une sorte de Victor Hugo maudit, pris dans l'engrenage de l'Éducation nationale, survivant chez les dingues dans un quartier de voyous.

13

C'était un jeudi de juin, juste avant les vacances scolaires, dans le tout début d'après-midi. Il faisait chaud, le goudron fondait sur les trottoirs et je venais de m'installer sur le marchepied de la voiture abandonnée devant chez nous pour lire *Kiwi*. J'avais attendu toute la semaine pour savoir comment Blek le Roc allait s'en tirer. Dans le dernier épisode, il était enfermé dans une cave où l'eau montait, et il lui restait plus longtemps à vivre. J'allais tourner la page quand un vieux camion poussif a ralenti pour passer le virage avant la rue des Orteaux. Deux jeunes gars, accrochés au hayon arrière, ont sauté sur la chaussée et se sont dirigés vers moi.

Ils devaient avoir mon âge, une dizaine d'années. Je ne les avais jamais vus dans le quartier. C'étaient deux frères, des Algériens. On ne parlait jamais de Maghreb en ce temps-là, on disait soit des Algériens, soit des Arabes. Le plus grand s'est approché de moi sans rien dire et a voulu me prendre *Kiwi*. Je ne me suis pas laissé faire et on a commencé à se battre. Ils étaient deux et j'avais du mal à m'en sortir. Le gros Roger Bremer, qui habitait une petite maison en face du 83, est venu leur crier dessus. Il était pas courageux pourtant, le gros Roger, bien qu'il soit plus âgé que moi. Je ne le fréquentais plus, mais quand on était arrivés rue des Maraîchers, comme il habitait en face de chez nous, il avait été mon premier copain. Il vivait seul avec sa mère et ne sortait jamais dans la rue. Il fabriquait des maquettes en bois et c'était moi qui faisais chauffer la colle. Je m'ennuyais chez lui. J'en avais vite eu assez des maquettes et de la colle. Roger s'était attaché à moi comme à une bouée de secours et j'avais eu du mal à m'arracher à l'emprise des Bremer. Ce jeudi-là, il est quand même sorti de chez lui pour me défendre. « Laissez-le ! », c'est tout ce qu'il criait, « Lâchez-le ! »

Le plus jeune est parvenu à déchirer la manche de ma chemise tandis que je tenais l'autre par le cou en lui donnant des coups de tête. J'étais pas mauvais au baston, pas si bon que mon copain Michel Droux, mais je me débrouillais. Ils ont fini par me lâcher.

« À deux contre un, c'est pas régulier », haletait

le gros Roger en se tenant à l'écart, avec sa mère qui s'était mise à la fenêtre et lui demandait de rentrer et de ne pas se mêler avec les petits voyous.

« Revenez jeudi, je leur ai dit. Jeudi, on sera deux.

– On viendra », a promis le plus grand qui s'appelait Saïd.

Ils sont repartis vers la rue des Orteaux et je suis rentré chez moi pour me changer. À l'école, j'ai prévenu mon copain Jo.

Le jeudi suivant, on était dans la cour quand mon frère Jean-Jacques est venu nous dire qu'ils étaient là. Jo et moi, on est sortis.

« Je prends le grand », j'ai dit à Jo, et on s'est jetés sur eux.

Le combat n'a pas duré longtemps. J'ai réussi ma prise habituelle : je passais rapidement derrière mon adversaire par une esquive, puis je lui faisais une clef au cou dont il ne pouvait pas se défaire.

« T'en as assez ? que je hurlais, t'en as assez ? Dis que tu te rends ! »

Il a essayé de résister. Il est devenu violet, puis j'ai entendu « … me rends… me rends… » et je l'ai lâché avant qu'il meure étouffé. L'autre a rien pu faire contre Jo. Ils étaient frères, Saïd et Hedi qu'ils se nommaient.

Après ça, ils étaient beaucoup moins arrogants, les deux frangins.

Plus tard, je les ai mieux connus. C'étaient des petits voyous de la place de la Réunion qui sont eux aussi montés en vrille dans le grand banditisme. Durant mes années de prison, dans les années soixante-dix, j'ai appris qu'ils travaillaient avec mes amis, Jacky le Bordelais, Marco, Jojo Lézard. Ils faisaient des braquages ensemble. Il se tenait très bien sur les affaires, Saïd, d'après ce qu'on m'en a dit. Je l'ai revu en soixante-quatorze, à ma sortie de prison. On a bu un verre rue des Pyrénées. Mon bouquin *Parole de bandits* venait de sortir mais il ne m'en a rien dit. Il ne lisait pas. C'était un voyou, lui. C'était devenu son métier, il s'y était fait des amis. Jacky le Bordelais était encore vivant, et tous ces gars-là ne sortaient jamais dans la rue sans avoir au moins deux calibres dans la ceinture.

Des années plus tard, alors que je mangeais un sandwich dans la petite voiture utilitaire de chez Dolto[1] que j'avais garée dans une rue du cinquième pendant la coupure, j'ai vu un grand type maigre sortir d'une fenêtre du deuxième étage et descendre le long d'une gouttière. Je l'ai tout de suite reconnu.

« Eh ! Momo !... »

Le gars s'est retourné, sur ses gardes, et m'a reconnu. C'était Mourad, un jeune gars de mon

1. Voir *Bleu de chauffe*, Stock, 2005.

quartier, de la génération de mon petit frère Bernard. Il est monté dans la voiture.

« Alors, toujours dans les affaires ?

– Ben oui, tu vois, on est obligé de casser à midi, quand les gens sont chez eux, sinon ils laissent rien, ils partent au boulot avec les thunes. C'est dangereux, faut être discret... »

On a parlé métier comme ça un moment, j'ai appris que sa nana s'était suicidée dans une cellule en Espagne. On a parlé aussi des gars du quartier, justement il venait de passer dix mois à la centrale de Melun et y avait croisé Saïd qui avait pris quinze ans.

« Il est classé à la bibliothèque, il lit beaucoup maintenant. Hedi est mort, il s'est fait descendre pour une histoire de machines à sous qui a mal tourné... »

Le quotidien, quoi, la routine. Les morts par balles dans la tombe, les suicidés en prison, et les autres enterrés vivants.

14

Parfois, quand je sortais retrouver mes copains de la porte de Montreuil, je voyais le gros Roger Bremer qui me regardait à travers la vitre. Il avait l'air triste, nostalgique du temps où il me criait, du débarras où il fabriquait ses maquettes : « Nan ! La colle est chaude ? »

Je lui apportais la colle et il s'appliquait à ses fabrications. J'avais pas du tout la vocation de maquettiste, moi. Je tenais pas en place, même ma grand-mère ne voulait plus me garder tellement j'étais remuant. « C'est le diable, elle disait à ma mère, on peut rien en faire, il s'échappe, il monte sur les murs, il va te coûter une fortune en chaussures. » Alors ça n'a pas duré chez le gros Roger, juste le temps que je m'adapte au sirop des rues et c'était fini.

« Je veux plus y aller, chez les Bremer, j'ai dit à

ma mère. Je m'ennuie, j'aime pas ça, faire chauffer la colle, et les maquettes non plus. »

Si au moins il avait fait des maquettes d'avion de guerre ou des porte-avions... Mais non, il fabriquait des maisons en balsa, des monuments historiques, rien que des trucs sans intérêt. C'est sa mère qui était dure avec lui, intraitable. Elle voulait pas qu'il sorte, c'est peut-être pour ça qu'il est devenu gros.

Des années plus tard, il était toujours vivant, le gros Roger. Il avait trouvé du travail, il partait le matin avec sa mobylette, une bleue avec des sacoches. Quand il montait dessus, les amortisseurs s'écrasaient à fond et la mob peinait au démarrage. Il devait peser au moins cent cinquante kilos. C'était pas joli à voir, ce qu'il était devenu. Il me disait plus jamais bonjour, il était seul, aigri. Il a dû mourir comme ça, le cœur plein de graisse, pas un battement plus haut que l'autre, puceau en plus. Il avait pas eu de chance à la naissance, le gros Roger.

Quand il m'arrive de faire un petit pèlerinage rue des Maraîchers, je passe devant sa maison qui est toujours là, en face du 83. Elle a été rénovée. J'attends cinq minutes pour voir qui l'habite. C'est plus les Bremer, la mère doit être morte depuis longtemps et le père on l'a jamais connu. Je suis un peu triste en pensant au destin du gros Roger. Tout jeune, il était déjà vieux. C'est pas bon de rester comme ça les deux pieds dans le même sabot. Au moins, il aura pas coûté cher à sa mère en chaussures.

15

Le huit février mille neuf cent soixante-deux, au lendemain d'une vague d'attentats de l'OAS en métropole, une grande manifestation intersyndicale cherche à rejoindre la place de la Bastille par le boulevard Voltaire. Il est dix-neuf heures. À l'angle du boulevard Voltaire et de la rue de Charonne, alors que le cortège va se disperser, la police charge, matraque, tabasse à mort des manifestants dans la bouche de métro Charonne. Neuf personnes sont tuées dont six par asphyxie et trois par coups.

J'ai onze ans.

La rue des Maraîchers n'est qu'à deux stations de métro et, bien que ni mon père ni ma mère ne s'intéressent à la politique, j'entends parler de l'événement. Ma mère est en colère, elle s'énerve contre de Gaulle et contre la police, et mon père, qui ne se mêle jamais de ces affaires-là, pour une fois dit du mal de la police qu'il traite de « saloperie ». Pour moi, l'OAS est une ombre qui me fait peur, comme dans *Tintin*, une organisation secrète du mal. D'ailleurs, il y a des gros graffitis sur les murs du quartier : OAS VAINCRA.

« C'est encore un coup de l'OAS », dit ma mère de temps en temps.

Et puis l'affaire du métro Charonne est étouffée, une semaine après plus personne n'en parle. Pourtant il y a eu neuf morts dont un apprenti de seize ans. Mais c'est la guerre d'Algérie. Les policiers qui commettent le massacre du huit février sont les membres d'une unité spéciale d'intervention de la police municipale, des volontaires affectés au maintien de l'ordre.

Je ne me souviens plus de ce que je faisais exactement les six, sept et huit février mille neuf cent soixante-deux. Le quartier était calme, je n'ai pas le souvenir d'une quelconque agitation et si même on avait la télé, on ne regardait pas les informations.

C'est bien des années plus tard que je me suis intéressé à ce qui s'était passé deux stations de métro derrière chez moi. J'avais malgré tout gardé le souvenir que des gens étaient morts étouffés contre les grilles du métro que la RATP avait fermées. Eh bien non, ça, c'était de la propagande savamment distillée par le pouvoir. Les neuf personnes qui sont mortes l'ont été chargées dans le dos par les policiers. La manifestation se dispersait et revenait vers la place Léon-Blum. L'action venait de la trente et unième division commandée par le commissaire Yser à qui l'ordre de charger, « Dispersez énergiquement », est donné par la préfecture. Au même instant, le commissaire Dauvergne, commandant la soixante et unième division, reçoit l'ordre de bloquer le boulevard Voltaire en direction de la place Léon-Blum qu'on appelait « place Voltaire » dans le quartier. Les manifestants seront pris en tenailles. Ils n'ont donc pas d'autre issue que les petites rues latérales, les portes cochères des immeubles ou les bouches du métro Charonne. Métro Charogne ! Selon la version officielle du ministère de l'Intérieur, les bouches du métro avaient été fermées. Il est aujourd'hui établi qu'au moment de la charge policière, les grilles de la station étaient ouvertes. Les policiers ont poursuivi les manifestants à l'intérieur, dans les couloirs et sur les quais.

Dans la bouche du métro, la bousculade provoque la chute de plusieurs personnes sur lesquelles les suivantes s'entassent, matraquées par les policiers qui projettent sur elles des grilles d'arbre et des grilles d'aération du métro. Les grilles d'arbre pèsent quarante kilos, celles du métro trente-six. Ce sont bien ces grilles qui sont à l'origine de certains décès, d'autres étant dus à des fractures du crâne provoquées par le matraquage. D'autres personnes sont mortes étouffées. On dénombrera plusieurs centaines de blessés.

Rue des Maraîchers, on ne savait rien de tout ça quand j'avais onze ans. J'allais à l'école tous les jours, je m'arrêtais sur le trottoir pour regarder le tapissier avec ses clous dans la bouche, qui retapait des fauteuils derrière les grandes vitres de l'atelier donnant sur la rue. Il avait un coup de marteau magnifique et prenait les clous dans sa bouche à toute vitesse. Lui ne faisait pas attention à moi, il était concentré sur son travail. Mais un matin, il a levé les yeux vers moi, il devait savoir que je l'observais. Il a posé son marteau, craché les clous dans sa main, et il est sorti sur le trottoir. Il a regardé le trottoir d'en face et il m'a dit « T'as vu ça, gamin, c'est incroyable, non ? » Il pleuvait sur le trottoir d'en face et pas sur le nôtre. La pluie, ce matin-là, ne tombait pas du côté impair des numéros de la rue des Maraîchers. Du côté impair, il y avait du soleil.

« Allez, file, tu vas être en retard à l'école », m'a dit le tapissier dans sa blouse grise.

Peut-être que ce jour-là on enterrait l'apprenti de seize ans assassiné par la police française. Je ne sais pas, il n'a pas eu de funérailles nationales. Il était communiste, syndiqué à la CGT, il s'appelait Daniel Féry.

16

Dans la cour de la rue des Maraîchers, j'avais fait une sorte de zoo. Rien que des petites bêtes, des hamsters, des grenouilles, des souris, un orvet que j'avais ramassé au bois de Vincennes, des tortues d'eau, un aquarium avec des poissons exotiques... On pouvait le visiter, je faisais payer l'entrée et les mômes de la rue venaient le jeudi et le samedi. Il y avait une caisse, donc. Et comme l'Œuf m'amenait des bêtes qu'il allait acheter sur les quais, je partageais les bénéfices avec lui.

Un jour l'Œuf me dit « Cette année, c'est nous qui allons t'emmener en vacances. Mes parents ont une villa sur la Côte d'Azur, tu verras, c'est magnifique. »

J'ai dit ça à ma mère. J'ai annoncé la nouvelle à toute ma famille six mois à l'avance et j'ai attendu les vacances avec impatience. J'avais jamais vu la mer.

Les parents de l'Œuf, c'étaient des petits-bourgeois gris qui vivaient dans un deux pièces. Le père était chauffeur au ministère, et la mère je sais pas. On les voyait jamais. Gris, se mêlant pas. On devait puer la misère, sauf pour les vacances à Meaux.

Fin juillet, ma mère a préparé ma valise. J'avais pas vu l'Œuf depuis quelques jours alors je suis monté chez lui pour lui demander quel jour on partait. C'est sa mère qui m'a ouvert, elle m'a pas fait entrer. Elle m'a laissé sur le palier et j'avais la nausée parce que ça puait l'encaustique chez eux, Gilbert devait mettre des patins pour rentrer dans sa chambre. C'était une petite bonne femme sans caractère, la mère de l'Œuf. Je lui ai demandé quand est-ce qu'on partait sur la Côte d'Azur. Elle a eu l'air surpris.

« On part demain, pourquoi ?

– C'est ma mère qui voudrait savoir parce que eux, ils partent à Meaux samedi.

– Et alors ?

– Si on part demain sur la Côte d'Azur, elle aimerait bien vous voir avant.

– Comment ça, si on part demain ?

– Gilbert m'a dit que j'allais en vacances avec vous.

– Avec nous ? Non, on emmène son copain Gérard, t'es pas au courant ? Ils te l'ont pas dit ?

– Non, madame, Gilbert m'a dit que je partais en vacances avec vous.

– Non mon bonhomme, va dire à ta mère que c'est une erreur, on emmène Gérard, on peut pas emmener trois enfants, on a pas les moyens. »

Et elle m'a gentiment fermé la porte au nez.

Salauds de pauvres, va ! Ma grande sœur allait se moquer de moi. Depuis que c'était prévu, elle arrêtait pas : « Ben dis donc, on peut plus lui adresser la parole, à Monsieur de Beaugency, depuis qu'il va passer ses vacances sur la Côte d'Azur ! »

Mes cinq frères et sœurs m'appelaient Beaugency parce que j'avais écrit une pièce de théâtre où je tenais le rôle d'un type en chapeau haut de forme, qui se nommait Monsieur de Beaugency. Comment j'allais leur annoncer ça ? C'était dégueulasse le coup qu'ils venaient de me faire, les deux salopards.

Alors ça m'a pris. Je suis entré dans ma petite ménagerie. J'ai commencé par tuer méthodiquement toutes les bêtes. Ensuite, je suis sorti dans la rue et je les ai jetées dans une bouche d'égout. J'ai cassé toutes les cages. J'ai fait ça froidement, en silence, sans rien dire à personne, ni à ma mère, ni à mes frères et sœurs. J'ai fait le ménage et j'ai pris l'argent de la caisse. J'étais dans une fureur noire. J'avais dix ans, c'était la première fois qu'on me trahissait de cette façon-là.

Puis je suis monté chez Gérard. Il n'y avait personne. On était déjà en vacances depuis deux jours. J'ai attendu un peu dans la rue qui était vide, et je suis parti chercher mon copain Jo Zachwalinski, un Polonais. Il habitait rue des Pyrénées dans un deux pièces au sixième étage avec ses trois frères. J'ai dépensé l'argent de la caisse avec lui. L'argent de l'Œuf.

Le soir, j'ai bien été obligé d'annoncer la nouvelle à ma mère.

« Ah bon, finalement ils emmènent Gérard ? Je voulais pas te le dire, mon chéri, mais tu sais, je crois que tu t'y serais ennuyé, avec les Tulkens, sur la Côte d'Azur. On est bien mieux à Meaux. »

La dernière fois que j'ai vu l'Œuf, j'avais quinze ans, j'étais dans une voiture volée. Une DS 21 Pallas. Je remontais la rue des Maraîchers avec mon ami Schtoro, un manouche de la zone. J'ai vu l'Œuf qui se dirigeait vers la porte de Montreuil. Je me suis arrêté et je lui ai demandé où il allait.

« Porte de Montreuil.

– Monte, je lui ai dit, on va te déposer. »

Il a hésité. Il savait que c'était une voiture volée. Et puis il est monté, à l'arrière. On roulait rue des Orteaux quand Schtoro lui a dit cash ce qu'il pensait de lui.

« Je t'aime pas, l'Œuf.

– Oh, tu sais, c'est réciproque, Schtoro », lui a répondu Gilbert.

Schtoro est devenu tout blanc et il a sorti une lame qu'il lui a mise sous la gorge.

« M'insulte pas, race de mort !

– C'est pas une insulte, j'ai dit à Schtoro, *réciproque* c'est pas une insulte, ça veut dire qu'il t'aime pas non plus.

– Va criave tes moulènes[1], l'Œuf ! » qu'il lui a craché au visage en rangeant sa lame.

L'Œuf était tétanisé sur la banquette arrière. On l'a déposé au feu, à l'angle du boulevard Davout, et on a continué notre route. Schtoro et moi, on faisait les métaux, le cuivre et le nickel. J'avais quinze ans, je venais d'avoir mon certificat d'études, mais j'étais entré dans la délinquance avec Jo, avec Schtoro, des garçons qui vous trahissaient pas, qui vous laissaient pas tomber quand les flics déboulaient sur un casse, des gars qui restaient au volant de la voiture volée malgré les sirènes d'alarme.

1. Mange tes morts.

17

Après cette fâcheuse affaire des vacances sur la Côte d'Azur et la mort de toutes ces pauvres petites bêtes que j'avais balancées dans les égouts, je me suis fait un autre copain. Léon Enayus habitait rue de la Croix-Saint-Simon. C'était un Arménien. Un fils unique, lui aussi. Dans la rue de la Croix-Saint-Simon, il y avait aussi les filles Navaro. Elles allaient à l'école au 40 rue des Pyrénées, à l'école des filles. Elles devaient avoir ordre de ne pas fréquenter les garçons du quartier car, quoi qu'on fasse pour les aborder, elles restaient de glace. On aurait dit que la misère nous collait à la peau, que ces gens se retrouvaient là comme déclassés et qu'ils en souffraient. Les uns venaient d'Algérie, les autres d'Arménie. J'ai vu une fois la mère de Léon, elle m'a donné un loukoum. C'était une femme trop discrète, comme planquée dans leur minuscule deux pièces. On ne la croisait jamais dans la rue, le père non plus qui devait se démener comme un diable pour arracher sa famille à ce quartier de voyous. Je ne comprenais rien à tout ça. Les Enayus, les Navaro, les Calvo, tous ceux qui se mêlaient jamais à la population du quartier, je m'en foutais comme de mon premier slip.

Heureusement, les enfants – à part les filles Navaro – ne réagissaient pas comme les parents et créaient des liens spontanés dans la cour de récréation ou dans la rue. Ma mère était très ouverte, je pouvais amener mes copains jouer avec moi dans notre cour. Qu'ils soient arméniens, manouches, yougoslaves ou français, elle n'y voyait pas de mal. Avec Léon, l'entente avait été immédiate. Je lui avais fait lire ma pièce, ma première pièce de théâtre que je mettais en scène dans notre cuisine en prenant mes frères et sœurs comme comédiens. Elle s'intitulait *Huit reflets*. Le sujet était simple : Monsieur de Beaugency, que j'incarnais, avait un chapeau haut de forme, un « huit reflets » justement, que tout un tas de gens cherchaient à lui voler. J'avais eu beaucoup de mal pour le fabriquer avec du carton, la forme en cône, les bords relevés... Pas évident non plus, les huit reflets ! Mais il tenait, j'avais mis beaucoup de colle, des agrafes, je l'avais peint en noir et blanc. J'y faisais très attention, c'était l'accessoire principal de la pièce. Avec Léon, on avait monté des tréteaux dans la cour, avec des planches, pour répéter sur une vraie scène. Je ne sais plus trop comment je m'étais débrouillé, mais j'avais même une loge où j'accrochais mes masques. J'aimais les masques, j'en avais une dizaine que j'achetais trois francs six sous dans la petite librairie de la rue des Orteaux. En écrivant aujourd'hui, l'odeur des masques me revient, c'est incroyable la mémoire des odeurs. Avec Léon, on déclamait *Cyrano de Bergerac*. Léon aimait les histoires d'amour et il déclarait sa flamme dans une gestuelle de tragédie antique, tandis que de mon côté je pourfendais vaillamment une bande de mécréants représentés par des grands tubes de carton qu'on avait suspendus sur la scène. Depuis quelques semaines, on avait la télé, alors on s'était mis à imiter Catherine Langeais. On se déguisait en speakerines.

« Ils sont impayables ! » disait ma mère à mes frères et sœurs qui se tordaient de rire.

Léon et moi, on en était drôlement contents, de nos imitations. On avait construit un cadre en carton censé être une télévision et on s'agitait à l'intérieur.

Un jeudi, on s'est décidés. Nous aussi, on allait passer à la télé comme speakerines. On valait largement Catherine Langeais et on allait faire rire toute la France. Juste après manger, on a enfilé nos costumes : nos robes, des faux seins, des talons hauts, du rouge à lèvres, des perruques faites avec de la filasse, et on est partis tous les deux à pied pour les studios des Buttes-Chaumont. C'était loin, les Buttes-Chaumont, on était en juin, il faisait chaud, c'était pas évident avec les talons et les gens qui nous montraient du doigt. On est arrivés en sueur dans l'après-midi. On a tourné autour des studios, on a trouvé une porte en fer. On a frappé, fort et longtemps, avant qu'un petit homme replet en costume noir vienne ouvrir. Il était pas content.

« Qu'est-ce que c'est que ce boucan, nom de Dieu ! On tourne ! »

Quand il nous a vus, il est resté bouche bée.

« C'est vous qui faites tout ce bruit ? C'est un studio ici, on travaille dans le silence. Qu'est-ce que vous voulez ? »

Léon a pris la parole. Il lui a expliqué qu'on venait pour être embauchés en tant que speakerines, qu'on voulait remplacer Catherine Langeais, qu'on était venus exprès à pied de la porte de Montreuil pour faire des essais. L'homme nous a écoutés attentivement, c'était un type assez sérieux. Il était embêté parce que, d'après lui, Catherine Langeais ne céderait sa place à personne. Moi, j'ai insisté. J'ai demandé s'il y avait pas d'autres rôles, si par hasard *Cyrano*... « Tu trembles, carcasse ! Et tu tremblerais davantage si tu savais là où je vais te mener ! »

L'homme a ouvert de grands yeux tout ronds. Il était épaté. Il a dit « Entrez, venez, je vais vous faire visiter les studios, on prépare un film, ça va vous intéresser. »

On l'a suivi à l'intérieur et il nous a amenés sur son plateau. C'était plein de câbles, plein de caméras, le décor était magnifique, une rue de Paris et, dans une cour parfaitement reconstituée, un atelier avec une grande verrière. Les techniciens s'affairaient autour des acteurs. Léon et moi, on était subjugués. L'homme qui nous avait ouvert nous a entraînés dans les coulisses, on était comme ivres dans nos costumes de speakerines, il nous a montré les projecteurs, les caméras, les cintres et même les loges. Il y avait un type qui lui collait aux basques parce que le plateau s'impatientait, mais lui, il continuait à nous faire visiter. Il avait bien vu qu'on était pas des petits rigolos, que c'était sérieux, notre vocation. Et puis, à la fin, un autre type est arrivé.

« Monsieur Renoir, s'il vous plaît, on vous attend depuis une demi-heure ! Les comédiens sont maquillés, tout est prêt, il faut y aller.

– On y va, on y va », a répondu monsieur Renoir.

Il nous a raccompagnés jusqu'à la porte. Dehors, il faisait encore très chaud, la lumière était aveuglante. On est redescendus jusqu'à la rue des Maraîchers, on avait mal aux pieds dans les hauts talons. On était un peu déçus, mais on a rien dit. On a parlé des studios, des caméras, des loges. J'ai annoncé à ma mère qu'ils embauchaient pas de speakerines. Elle n'a pas eu l'air étonné et la vie a repris son cours.

À la fin de l'année scolaire, juste avant les vacances, la famille Enayus a quitté le vingtième. Sans Léon, je me suis retrouvé à jouer tout seul sur notre grande scène.

Mon père avait acheté une télé. Enfin, il la louait. C'était une télé avec un compteur, il fallait mettre cinq francs dans la fente pour une heure. Au début on regardait que les films parce qu'il y avait souvent « la grille » ou alors « l'interlude », un petit train qui passait en boucle. Un jour, ils ont diffusé *La Strada* de Fellini. Dès le lendemain, je donnais des représentations sur ma scène. Je jouais le grand Zampano. C'est le coup du pansement qu'il mettait sous la chaîne qui m'avait décidé. Je trouvais ça imparable et je faisais comme lui, je brisais la chaîne en jouant la souffrance. Ça marchait aussi bien que Catherine Langeais, et mes frères et sœurs m'appelaient maintenant « le grand Zampano ».

18

C'est en soixante-trois qu'Édith Piaf est morte. Elle est quasiment morte sur la scène, disaient les adultes, et moi je l'imaginais chantant en marchant sur l'eau, sur la Seine, et coulant d'un coup. Je croyais qu'elle était morte noyée. Ma mère l'adorait, la môme Piaf. Elle l'écoutait sur une vieille radio en chantonnant. Elle était joyeuse ma mère, elle chantait tout le temps, sauf quand mon père la tapait, là elle restait triste pendant plusieurs jours et nous les gosses on était tristes aussi de la voir comme ça. *Milord* lui fendait le cœur, *La Vie en rose* la laissait toute chose et elle a pleuré quand elle a appris sa mort. Avec ses deux copines du quartier, elles sont allées à l'enterrement. C'était à côté de chez nous, le Père-Lachaise. Elles en étaient revenues tout excitées, elles avaient vu de près leurs idoles,

Yves Montand qu'elles trouvaient très beau, très élégant, et Théo Sarapo aussi, qu'elles plaignaient sincèrement, et puis tous les autres artistes de cette époque-là qu'elles admiraient, les actrices, les chanteurs, il y avait beaucoup de monde à l'enterrement. C'est à l'enterrement qu'on voit si quelqu'un a vraiment été aimé par le peuple.

J'avais douze ans. J'étais fâché avec l'Œuf et avec Gérard, Léon avait déménagé, et Martial, mon copain de la rue du Clos, s'était acoquiné avec un gars qui habitait rue des Orteaux, juste au-dessus de la vespasienne où les soupeurs mettaient à tremper leur quignon de pain dans la pisse. Ils y mettaient des pains entiers et venaient les reprendre le soir en douce. On les avait repérés, on était naïfs, on se doutait pas qu'ils les mangeaient, les pains gonflés d'urine. C'est peut-être pour ça qu'ils les ont enlevées, les pissotières, pour éliminer les soupeurs. Pour nous, tous ces gens-là, c'étaient des « pédés », ou alors des « sadiques », des types qui rôdaient sur la zone et qu'on suivait comme des Sioux pour les regarder se branler. Quand ils avaient fini, on attendait qu'ils disparaissent et on allait voir la « jute » qui dégoulinait sur l'herbe. On en avait pas encore, nous, de la jute, on était curieux, on en prenait au bout d'une branche pour regarder ça de plus près. Ça ressemblait à du riz au lait et on avait hâte d'en avoir, nous aussi.

J'avais laissé tomber le théâtre et démonté la scène dans la cour. Puisque la télé n'embauchait pas, je serais égoutier. J'en avais vu deux sortir d'un trou dans la rue, le casque avec la lampe frontale, les cuissardes. Le costume me plaisait bien et je m'y suis mis. J'ai fabriqué un tunnel en carton où je m'enfermais avec mes outils. Pourtant, la rue et ses mystères m'attiraient de plus en plus. Je traînais sur la zone avec mon copain Jo, on remontait assez loin jusqu'à la porte des Lilas, puis on redescendait vers la place de la Réunion où on explorait le « quartier abandonné ». C'était interdit d'y entrer, il y avait des barrières autour, les gens avaient été expulsés, tout un pâté de maisons qu'ils allaient démolir. On se faufilait là-dedans comme des chats. On trouvait parfois un appartement encore habité et on est tombés sur un bon paquet de fric, toutes les économies d'un pauvre type, certainement, un ouvrier qui vivait là, quelqu'un qui n'avait pas retrouvé de logement, mais nous on était contents, tout joyeux de se partager les liasses. À l'école, on nous avait dit qu'il fallait aider les aveugles à traverser la rue, personne ne nous avait appris à laisser l'argent abandonné dans un quartier interdit. On commençait à s'y plaire, dans l'interdit.

Les vacances sont arrivées très vite et on est partis à Meaux. Avec la barque, je me suis mis à la recherche de la bête immonde du lagon perdu qui, c'était sûr, rôdassait dans les fonds glauques aux abords d'une petite île près du barrage de Villenoy.

Dès la rentrée, avec mon copain Jo, on allait préparer notre expédition pour l'Antarctique. On partirait vers la mi-novembre parce qu'il nous fallait un peu de temps pour construire notre avion sur la zone. Le plan était parfait, c'était un bimoteur (de mobylette). Le soir, à Meaux, je m'endormais sur mon cahier où je faisais la liste de ce dont on aurait besoin là-bas. Le mieux était quand même, une fois parvenus au Cap en avion, d'affréter un brise-glace pour rejoindre la Terre Adélie. C'était la France, là-bas, on serait reçus à bras ouverts. Je m'endormais comme ça, le stylo bic à la main. Des couvertures, du *corned beef*, deux couteaux suisses, du Pschitt (dix bouteilles), une boussole (j'en avais déjà une), ma carte du monde sur laquelle j'avais tracé notre parcours du vingtième arrondissement jusqu'au Cap, deux parapluies renforcés en guise de parachutes qu'on s'accrocherait à la ceinture. C'est Jo qui les avait dessinés. C'était astucieux comme système : on rajoutait une toile sur le parapluie, quand il s'ouvrait la toile (retenue par des cordes au manche) se tendait, et du coup le parapluie ne pouvait pas se retourner malgré la fragilité des baleines. Jo, qui dessinait très bien, mettait la dernière main aux plans de l'avion. À la rentrée, il nous resterait à voler les moteurs au marché aux puces, parce que, bien sûr, on pourrait jamais se les payer, et, malgré le risque, il était hors de question qu'on ne parte pas pour le pôle Sud. On avait un gros problème quand même : la piste de décollage. Le mieux nous semblait être la rue de la Plaine. Elle était longue et droite, en partant du stade on pouvait décoller, mais le grand mur de la RATP qui fermait l'horizon de l'autre côté de la rue des Pyrénées nous laissait méditatifs : est-ce qu'on allait pas se crasher dessus ?

On construisait notre avion sur la zone, tout en récup. À la récré, on jouait plus aux billes, on dessinait à la craie sur le goudron de la cour. Comment accrocher les moteurs sur du bois de cagette ? Pas évident, fallait des renforts. Et où mettre tout notre barda ? Le soir, on filait sur la zone appliquer nos trouvailles. On en bavait pour le train d'atterrissage, trop grandes les roues de vélo, trop petits les roulements à billes que je piquais dans l'atelier de mon père, mais où trouver des roues de brouette ?

Et puis, un jeudi, tout s'est écroulé. Notre prototype était caché dans un grand trou qu'on recouvrait avec des branchages, quelqu'un était venu et nous l'avait volé. On a cherché aux alentours, longtemps. On est remontés jusqu'à la porte des Lilas, on a croisé des clodos, des manouches, un ou deux sadiques à qui on lançait des pierres pour qu'ils arrêtent de nous suivre, mais pas d'avion. Les salauds, les salauds de repauvres !

On est revenus par la rue d'Avron. C'est peut-être ce jour-là qu'on a décidé de s'en acheter un, d'avion. Peut-être ce jour-là aussi qu'on s'est dit que ça servait à rien de se casser le cul à bosser comme des malades, qu'il nous faudrait plutôt du fric pour réaliser nos rêves. J'en sais rien. Je m'en souviens plus, mais c'est sûr qu'à partir de ce jour-là, on a gardé nos mains dans nos poches. Et quand on regardait le grand mur de la RATP, c'était plutôt en se demandant s'ils avaient un coffre-fort là-dedans, qui contenait autre chose que des tickets pour tourner en rond comme des rats dans Paris intra-muros.

19

C'est en avançant sur la zone que j'ai rencontré mon ami Schtoro. C'était un manouche. Les manouches habitaient dans des caravanes, sur la zone, cette lande en friche qui délimitait Paris de sa banlieue. Le campement se trouvait juste avant la porte de Vincennes, à droite de la rue de Lagny quand on remontait sur Montreuil. Il y avait des gitans hongrois aussi, un peu plus haut vers la porte de Bagnolet, et sur la butte à Morel il y avait encore des roulottes, avec les chevaux. Tous ces gars-là traînaient comme nous sur la zone à la recherche d'on ne sait quelle aventure.

Quand j'ai rencontré Schtoro, c'était terminé l'Antarctique. Je devais avoir dans les douze, treize ans. J'étais très bien reçu, chez Schtoro. On mangeait dehors, autour d'un feu de bois. Des gars jouaient de la guitare jusqu'à la nuit tombée.

Quand Schtoro venait chez moi, il voulait pas s'asseoir à table avec nous, il fallait le servir sur le carrelage où il mangeait assis en tailleur. Les chaises, c'étaient des trucs de gadjos. Je l'ai vu deux ou trois fois à l'école, le prof le mettait au fond et Schtoro s'ennuyait à mourir, pire qu'un animal en cage. Il détestait l'école obligatoire, il n'y venait jamais que de force, entre deux flics.

Il y avait, vers la place de la Réunion, une marchande de journaux dans une boutique comme on en voit plus, avec tout un tas de choses dans la vitrine, des billes, des épées en plastique, *Pif Gadget* et, accessoirement, sur des présentoirs, la presse quotidienne et les revues pour adultes à l'intérieur. Cette librairie était tenue par une vieille bonne femme (elle devait avoir une quarantaine d'années...) qui portait des lunettes.

J'avais déjà fait quelques mauvais coups dans le quartier. Avec mon copain Schtoro, on avait cassé un tronc à la masse de démolition dans l'église Saint-Germain-de-Charonne qu'on appelait l'église Saint-Blaise, parce que située tout en haut de la rue Saint-Blaise. En deux coups de masse, le tronc s'était retrouvé par terre et on s'était sauvés avec. Faut imaginer le bruit que ça peut faire de balancer des coups de masse sur un tronc en fer dans une église. Y avait pas grand-chose dans le tronc, mais enfin, on avait pu s'acheter le couteau à cran d'arrêt dont on rêvait.

J'allais encore à l'école, c'était un an avant le certificat d'études et, en sortant, le soir, à quatre heures et demie, j'allais retrouver Schtoro sur la zone. On finissait immanquablement par se planter devant la vitrine du marchand de lames de la rue d'Avron pour admirer un couteau à cran d'arrêt qui nous fascinait. C'est pour ça qu'on avait arraché le tronc, pour se payer le couteau. C'était la première fois qu'on avait un couteau comme ça, on appuyait sur un poussoir et la lame jaillissait.

« Et si on attaquait la vieille qui vend des journaux ? Il doit y avoir un sacré paquet de fric dans sa caisse ! m'a dit Schtoro en faisant jaillir la lame.

– Laquelle ?

– La vieille bonne femme avec des lunettes, place de la Réunion, juste après chez Foulon.

– Ah, ouais, après on pourra se tailler par le quartier abandonné... »

Alors on a préparé notre coup. Tandis que Schtoro ferait le P devant la boutique et empêcherait les gens d'entrer si quelqu'un venait, moi je pénétrerais dans la boutique, je la tiendrais en respect avec le couteau, et je m'emparerais de la caisse. Une affaire de toute beauté, l'enfance de l'art pour des débutants.

« Le mieux, c'est le jeudi vers trois heures de l'après-midi, j'ai dit à Schtoro.

– Le jeudi, y a quand même du monde, il m'a

répondu, ça serait mieux un mardi, t'auras qu'à faire la bleue. »

J'ai dit que non, parce que moi, j'avais jamais manqué un seul jour d'école depuis le début sauf quand j'étais malade, et que j'aimais pas manquer. Lui, Schtoro, il était habitué, il y allait jamais à l'école. Il a insisté, mais j'ai tenu bon, c'était intéressant les affaires qu'on faisait ensemble mais pas assez pour que je rate une journée entière d'école.

Alors, on a fait comme on avait dit. On a attaqué un jeudi à trois heures. Schtoro est resté en surveillance devant la boutique et je suis entré en courant à l'intérieur. La vieille était de dos, debout sur un escabeau devant ses présentoirs, elle rangeait des revues. Ça collait pas trop avec mon plan mais bon, je me suis adapté.

« Descends de là, la vioque ! » que j'ai crié en appuyant sur le poussoir du cran d'arrêt et en lui piquant les fesses qu'elle avait dures et carrées.

La vieille s'est retournée vers moi, elle m'a regardé d'un drôle d'air. Elle était vachement surprise, alors elle est descendue de son perchoir et elle m'a balancé une gifle monumentale, une torgnole de lavandière, si bien que j'ai fait un tour sur moi-même et que le couteau est allé voler au fond de la boutique.

« C'est comme ça que tu parles aux dames, espèce de p'tit morveux ! ? » qu'elle m'a crié dessus.

J'avais la joue qui devait enfler à vue d'œil. J'étais paumé dans la boutique, je pleurais presque tellement la gifle m'avait cinglé. Alors elle m'a foutu dehors. Elle était costaud, la vache, c'était une bonne femme du quartier, encore solide, droite dans ses gros sabots à talons. Déjà, j'aurais dû me méfier quand j'avais piqué les fesses, c'étaient pas des fesses de si vioque que ça, qu'elle avait dans sa jupe en tweed.

« Allez, tirez-vous de là, sinon j'appelle les flics, hein ! Et que je vous revoie pas traîner par ici, sinon ça va chauffer pour votre matricule, bande de petits cons !

– Viens, j'ai crié à Schtoro en courant, viens, elle m'a piqué le surin ! »

On a pas demandé notre reste, on s'est sauvés vers la place de la Réunion, on est passés à toute vitesse par-dessus les palissades du quartier abandonné et on s'est cachés à l'intérieur avec le cœur qui battait très vite.

« Elle va appeler les schmitts, cette race de mort ! m'a dit Schtoro.

– Je sais pas, j'ai répondu, je sais pas, putain la baffe qu'elle m'a mise ! »

J'avais la joue en feu, ça faisait comme un signal d'alarme muet, j'avais l'impression d'avoir un gros feu rouge clignotant sur le côté droit, avec un sifflement pointu dans l'oreille, si bien que j'entendais la voix de Schtoro comme s'il me parlait dans un tuyau, très loin, tout là-bas de l'autre côté de la pièce dans laquelle on s'était réfugiés.

On a attendu longtemps sans bouger, mais tout est resté silencieux dans l'immeuble désaffecté et on s'est tirés de là comme des chats de gouttière. On est revenus vers la porte de Bagnolet par des petites rues, en rasant les murs, on s'attendait à voir débouler le panier à salade. On s'est séparés sans rien dire porte de Montreuil, bien heureux d'être revenus sans encombre jusque-là. Schtoro est reparti vers la zone, et moi j'ai rejoint la rue des Maraîchers.

Quand je suis rentré à la maison, j'ai voulu filer dans la chambre sans me faire repérer, mais ma mère m'a arrêté au passage.

« Eh là, pourquoi tu files comme ça ?! Qu'est-ce qui t'est arrivé, t'as la joue toute rouge ?

– C'est rien, m'man, j'me suis battu avec un gars de la Voûte, porte de Bagnolet et... j'ai perdu, il m'a frotté la joue sur le trottoir.

– Hum, hum, qu'elle a fait, on dirait plutôt que t'as ramassé une gifle, oui, fais-moi voir ça... »

Elle m'a regardé de plus près.

« Non, m'man, j'ai frotté sur le goudron, j'te jure.

– Jure pas quand tu mens à ta mère. »

Qu'est-ce que vous voulez répondre à ça ? Elle était forte, ma mère, pour me clouer le bec.

Comme j'ai rien répondu et que j'ai baissé la tête, elle m'a lâché et j'ai filé dans la chambre. Je me suis jeté sur le lit qu'on partageait, mes deux frères et moi, et j'ai mordu l'oreiller de rage. J'avais tout raté, ce jour-là. Ma première affaire était un échec total, non seulement on s'était sauvés comme des peureux, mais en plus j'avais perdu le couteau à cran d'arrêt, et à la fin je m'étais fait griller par ma mère.

Je craignais pas du tout Dieu, j'y croyais pas à toutes ces salades et j'aimais pas les curés et tous les gens d'Église. On trouvait ça marrant, mes copains et moi, planqués derrière les croisées d'ogive on regardait les grenouilles de bénitier faire le signe de croix en trempant les doigts dans notre pisse qu'elles prenaient pour de l'eau bénite. On pissait dans le bénitier le jeudi et le dimanche on y mettait de l'encre. Ça faisait des grosses taches noires sur la chemise blanche des croyants. Mais est-ce qu'on avait pas poussé le bouchon un peu loin en travaillant à la masse de démolition dans l'église Saint-Germain-de-Charonne ? Peut-être bien qu'on a fâché Dieu, je me disais avec ma joue en feu, et qu'il nous a mis des bâtons dans les roues pour notre premier braquage ?

Je suis resté comme ça sur le lit un bon moment et, une fois calmé, je me suis retourné. Ma mère se tenait debout dans l'encadrement de la porte. Elle me regardait pensivement.

« Qu'est-ce qui se passe, mon grand ? Qu'est-ce qui t'arrive, au juste ? »

Elle est venue s'asseoir près de moi sur le lit et elle m'a caressé les cheveux.

« Qu'est-ce qui se passe, mon Nan ? Qu'est-ce que tu as fait ? »

Si seulement j'avais pu lui dire !

« J'ai rien fait, m'man, j'aime pas perdre, c'est tout. C'est juste que j'aime pas perdre. »

Elle a continué de me caresser les cheveux sans plus rien dire. J'avais envie de pleurer, mais j'avais plus l'âge. Je ravalais ma salive parce que ça montait dans ma gorge, des sortes de sanglots à la con que je faisais tout pour retenir. C'était l'enfance qui foutait le camp et c'était dur à avaler.

20

Le cuivre, le nickel, l'or, c'est avec Schtoro que j'ai appris qu'on pouvait voler tout ça. C'étaient les parents qui faisaient l'or. Les femmes en achetaient et à l'aube elles allaient le vendre sur le marché aux voleurs qui se tenait avant l'aube porte de Montreuil.

« Roro… Roro, roro[1]… » qu'elles roucoulaient en marchant, leurs gros portefeuilles bourrés de billets.

Nous les jeunes, on faisait le cuivre et le nickel. Le nickel était plus difficile, plus rare. On s'introduisait la nuit dans les ateliers de nickelage-chromage, et on sortait les longues plaques de nickel suspendues dans les bains d'acide. On revendait ça à Marco, un ferrailleur

1. Or en verlan.

de la porte de Montreuil. C'était un arnaqueur. Schtoro l'avait reniflé.

« Sa balance est tarée, il nous arnaque, cette race de mort ! On en avait au moins deux cents kilos ! »

Avec son grand sourire et ses beaux yeux bleus, le Marco nous arnaquait de deux cents kilos à la tonne. Du coup, quelquefois on allait chez Mazo, à la porte de Clignancourt, mais il nous regardait d'un sale œil Mazo, on était trop jeunes. À quatorze ans, on conduisait des camions, on amenait deux tonnes de câbles encore fumants qu'on venait de brûler sur la zone à trois heures du mat. Il nous le prenait à moitié prix en nous disant de pas y revenir. On ne pouvait pas trop renauder. On se faisait avoir de tous les côtés. Pourtant, balance tarée ou non, avec le nickel, je me faisais en une nuit six mois de salaire de mon père. Ça n'empêche qu'il nous mettait les boules, le Marco, dont le frère était à Clairvaux pour vingt ans après un braquage qui avait foiré.

On avait remarqué que tous les samedis soir il emmenait sa femme au Bœuf Gros Sel, un petit restaurant de la rue du Volga. On y allait, nous aussi, au Bœuf Gros Sel. On y avait table ouverte, entrée à volonté, et si tu finissais ton assiette il t'en resservait une autre, le patron, c'était ça qui avait fait sa réputation. Des bourgeois y venaient s'encanailler. Le samedi on le retrouvait là avec sa femme, le Marco. Du coup, on s'est dit que c'était le bon moment pour le casser. Malgré les liasses qu'il avait toujours sur lui, il devait bien avoir un magot planqué dans son taudis.

« Et le chien, on va le tuer, le chien ? » que j'ai dit à Schtoro.

Parce qu'ils avaient un énorme berger allemand qui gardait l'affaire.

« Je m'en occupe du chien, tu verras, il va pleurer sa mère », m'a répondu Schtoro.

Le samedi suivant, on s'est planqués sur la zone, en face de chez eux, à l'emplacement du marché aux puces qui n'était pas goudronné à l'époque. On a attendu qu'ils sortent. On avait pris le petit Willy avec nous pour qu'il fasse le P au cas où le couple rentrerait en avance. On avait un simple pied-de-biche.

Schtoro portait une sacoche.

« C'est pour le chien, tu vas voir comment il va devenir gentil, le berger allemand de sa race.

– Tu vas pas l'empoisonner ? »

Moi, j'aimais les bêtes. On avait toujours eu des chiens, rue des Maraîchers. Depuis quelques mois, ma mère avait adopté une chienne de la SPA. On l'avait nommée Lady parce qu'elle avait une démarche de princesse. C'était une petite chienne toute blanche et très joyeuse qui avait enfin trouvé une famille d'accueil. On l'aimait tous beaucoup et elle nous le rendait bien. Chaque fois que l'un d'entre nous rentrait à la maison, elle courait vers lui pour lui faire la fête.

Une fois devant la grille, le chien était arrivé à toute blinde et s'était mis à aboyer comme un malade. Schtoro avait sorti une bouteille de sa sacoche et lui avait jeté un liquide jaunâtre en pleine gueule. Le chien s'était immédiatement figé, il n'aboyait plus. Schtoro en avait profité pour sauter par-dessus la grille et répandre du liquide autour de lui. Le chien s'était couché, il couinait, totalement soumis.

« Tu peux venir, Nan, il bougera plus de là. »

J'ai sauté à mon tour par-dessus le grillage et je suis passé devant le chien qui n'a pas bronché.

« C'est de la pisse de tigre, m'a dit Schtoro, on a un gars qui bosse au zoo de Vincennes. »

Il avait de la paille, aussi, avec des excréments, il en balançait sur nos traces.

« Il va couiner sa mère pendant une heure... »

On a cassé la porte et on s'est introduits dans la baraque. On a tout fouillé. On a trouvé des photos porno de sa femme qui s'enfilait toutes sortes de légumes, grosses carottes, concombres, courgettes. Ça nous a fait rigoler. On a cherché longtemps le magot, on a tout dézingué dans la turne, mais rien. Et puis, juste avant de partir, en repassant par la petite cuisine, Schtoro s'est arrêté et il s'est dirigé vers l'évier. Il regardait le carrelage. Il m'a pris le pied-de-biche des mains et il a tapé sur le carrelage. Ça sonnait le creux. Il a rigolé. C'était là. Il y avait des bonnes grosses liasses de billets planquées dans un trou derrière le carrelage.

« C'est les joints, m'a dit Schtoro, ça se voyait, ils étaient tout blancs, trop neufs. »

Le Marco devait refaire les joints chaque fois qu'il remettait une liasse et ça se voyait. Quel con. Quand on est ressortis, le chien n'était plus là, certainement planqué quelque part, à l'abri du tigre.

Quand on est arrivés au Bœuf Gros Sel, ils en étaient au dessert, les ferrailleurs. On les a salués comme d'habitude et on s'est mis à table. Je la regardais d'un autre œil maintenant sa femme, au Marco, quand elle mangeait sa banane flambée.

Trois jours plus tard, on lui a apporté du cuivre, histoire de lui faire croire qu'on avait besoin de fric. Il a refusé de nous l'acheter.

« Mon frère sort en conditionnelle dans six mois, il va s'occuper de vous. C'est vous qui m'avez cassé. La merde de tigre, c'est signé, les mecs. On va s'occuper de vous. »

On est repartis vendre le cuivre ailleurs. On s'en foutait, de son frère à Clairvaux.

On en a pas profité, du magot de Marco, on se l'est fait étouffer par les deux frères Saunier, des adultes, deux ordures déjà finies, des chacals puants qui descendaient tous les jours de la rue de la Noue. Des lâches, peureux, enfoncés dans la pourriture jusqu'aux yeux qu'ils avaient bleus et fous, toujours accrochés à nos basques, profitant de notre jeunesse, essayant de baiser nos nanas dans notre dos, maquereaux, joueurs, alcooliques, nous entraînant perdre nos francs au Multicolore, une salle de jeu boulevard Beaumarchais qui se faisait appeler Académie de billard.

Quelques années plus tard on leur a tiré dessus, aux frères Saunier. Le plus jeune, Jean-Pierre, a fini clodo, vous pouvez le croiser sur un banc, dans le douzième, derrière la place de la Nation. Pourtant, c'était un beau mec. Un mac, lui aussi. Il avait mis Dolorès, la sœur de ma copine Manuela, sur le tapin. Elle avait vingt ans et elle était très belle, Dolorès, il en était amoureux, mais le pognon avant tout. Il lui avait trouvé un bout de trottoir à Pigalle et elle ramenait pas mal de monnaie. Le petit problème, c'est qu'elle s'était mise avec un Corse qui ne voulait pas lâcher l'affaire. Jalmince comme un tigre, il revenait à la charge, le Corse. Et puis, un jour, il en a eu marre et il l'a enlevée. Il l'a séquestrée dans une cabane qu'il avait quelque part sur les bords de Seine. Mais elle était démerde, la Dolorès, elle a réussi à se libérer et elle est revenue chez ses parents qui vivaient avec les trois gosses dans un meublé rue des Rasselins.

Dans l'après-midi, le Corse l'a retrouvée. Elle voulait pas sortir de la chambre. Le père était là, et comme l'autre était très menaçant, le père a dit « On va chez les flics, tu commences à nous faire chier ! » Il a pris Dolorès par la main et il l'a entraînée jusqu'au commissariat de la rue des Orteaux. Dolorès, elle était pas chaude pour y aller, chez les flics, mais le père en avait marre. Ils sont passés par la rue des Maraîchers, suivis par le Corse. Une fois arrivés devant le commissariat, le Corse a sorti un flingue et il a descendu le père d'une balle dans la tête. Dolorès est entrée chez les flics en courant, il l'a rattrapée à l'intérieur et il lui a tiré dessus. Elle a ramassé trois balles dans le dos et il s'est sauvé, le Corse. Nous, les gosses, on est arrivés un peu après. J'ai vu le père de Manuela sur le trottoir dans une grande flaque de sang très épais, ça faisait comme s'il était tombé la tête la première sur une grosse galette à la gelée de framboise. Il y avait des flics partout, des gens qui regardaient… Il y avait le petit Vincent, le petit frère de Manuela, il était choqué de voir son père comme ça, sur le trottoir, la tête dans une flaque de sang. Le lendemain, on a été à l'hôpital parce qu'il a survécu une journée, le père. Il était intubé de partout, en survie artificielle, il est mort dans la soirée. Dolorès s'en est sortie, elle. Trois balles dans le dos, une grande cicatrice, mais vivante, et toujours très belle.

Le Jean-Pierre Saunier, on l'avait pas vu une seule fois pendant la séquestration. D'habitude, on le voyait tous les jours. Il en avait la trouille, du Corse. Ensuite, on l'a pas vu de la semaine. Ni à l'hôpital, ni dans les cafés. C'était un peureux, il faisait sur lui dès qu'il y avait embrouille, mais malin, rusé comme un singe, avec toujours les bonnes excuses. Cette fois il était parti dans l'Aube où, comme par hasard, sa tante avait des ennuis cette semaine-là.

Quelques mois plus tard, je me suis battu avec lui. Il avait dix ans de plus que moi, mais il s'est sauvé en courant. On avait passé une partie de la nuit au Multicolore. On en était sortis vers trois heures du matin. Il était bourré à mort, il tenait plus debout. Comme il pouvait pas remonter comme ça sur les hauts de Montreuil, il est venu dormir avec moi rue Schubert, chez un copain. Il s'est écroulé sur un matelas et il a cuvé sa cuite jusque dans l'après-midi. Je l'avais laissé dormir. Moi, à dix heures, j'étais rue des Haies, chez mon ami Marco, un jeune ouvrier qui allait basculer dans la délinquance et mourir jeune. On était tranquillement installés à discuter vol de voiture quand le Jean-Pierre a déboulé et m'a accusé de lui avoir fait les poches pendant qu'il dormait. Je lui ai expliqué qu'il était complètement bourré et qu'il avait claqué tout son fric au Multicolore, que c'était moi qui avais payé la dernière addition. Mais il a insisté, il était pas fou, il avait encore une grosse liasse en se couchant... Marco refaisait la peinture de son appartement, il y avait des pots de peinture blanche. J'ai pris un pot et je l'ai balancé sur le Jean-Pierre. Il était bien plus grand que moi, j'avais quinze ans, il en avait vingt-cinq. Ah, il était joli le mac, avec son beau costume bleu pétrole qui dégoulinait de peinture blanche !

« C'est de la part de Zorro ! » que je lui ai dit, au Jean-Pierre.

Mais il bougeait pas, il restait là les bras ballants.

« Maintenant tu te casses d'ici, race de mort ! »

J'étais très en colère, on attendait mon ami Jacky le Bordelais qui était armé, on préparait un braquage de pharmacie. Alors il s'est tiré, le Jean-Pierre, il dégoulinait de peinture, livide. Après, chaque fois que je faisais un truc un peu violent, Marco disait toujours « C'est de la part de Zorro, les gars ! »

Il est revenu une fois nous emmerder, pour une histoire de fourgue, et Jacky le Bordelais lui a tiré dessus dans la cage d'escalier parce qu'il partait pas assez vite.

Le Corse, après ses coups de feu, il est reparti chez lui dans le quinzième, mais les flics l'attendaient. Il a vidé son chargeur un peu au hasard, et il s'est enfermé dans un pressing avec le personnel en otage pour à la finale s'ouvrir la gorge avec un rasoir.

L'affaire a fait la une du *Parisien libéré* et il y a eu deux pages dans *Détective*. Les journalistes étaient venus pour nous tirer les vers du nez, ils étaient montés chez Manuela rue des Rasselins, ils avaient volé des photos de famille qui sont parues dans *Détective*.

C'étaient que des affaires comme ça, dans le quartier Charonne. On était à bonne école pour le crime. L'autre, le Bébert Saunier, il est mort comme il se devait, d'une balle dans le dos. Une erreur de casting : un voyou l'a pris pour un autre. Quant au frère de Marco, le ferrailleur, il en est jamais sorti, de prison. Il est mort d'une pneumonie à la centrale de Mende où il avait été placé après une tentative d'évasion. Elle était réputée pour ça, la centrale de Mende, le mitard surtout. Quand on y passait quarante-cinq jours, on était sûr de canner là-bas. On y crevait par les poumons. C'était une punition d'être envoyé à Mende, ça se savait, mais c'était pas dissuasif pour les types qui prenaient perpète. C'est un ami à lui qui nous a raconté tout ça, Pedro, un Espagnol qui venait d'y passer quinze ans et qui voulait faire des bracos avec nous.

On l'a essayé, mais il avait peur Pedro, il rasait les murs, on aurait dit une ombre. Il avait trouvé une piaule dans Montreuil, derrière chez Marco le ferrailleur justement. Il y tournait en rond dès l'aube, comme dans sa cellule, buvant du café, fumant des cigarettes, la main droite comme définitivement soudée à la crosse de son 7,65, les volets toujours fermés. Il était libre, pourtant, il avait fait ses quinze ans, mais ça l'avait marqué. Il voulait plus y retourner, à aucun prix.

« Y a des couples d'hommes, là-bas, les mecs, qu'il disait en suant, en revoyant des images, des passions vous pouvez pas imaginer, pire que dehors, "C'est ma femme, t'y touche pas !", et vas-y qu'ils se plantent des lames dans le dos, qu'ils se roulent des pelles en promenade... »

Il était marqué à vie, le pauvre Pedro, paranoïaque au dernier degré. Il nous a fait rater un PMU. Il disait « Y a des bouchers partout avec des grands couteaux, les mecs... » Dan, un complice d'occasion, a été voir tandis qu'on attendait dans la voiture volée, nos calibres à la main, nos cagoules sur la tête. Il est revenu énervé, Dan, « Pas de bouchers en vue, mais trop tard pour la caisse. » On est rentrés bredouilles et on a décidé de plus travailler avec Pedro qui voyait des bouchers partout.

Mais tout ça, c'est une autre histoire. Les braquages de PMU, Pedro, Dan, Jacky le Bordelais, c'est bien après la rue des Maraîchers.

21

Je venais d'avoir mon certificat d'études, j'avais quatorze ans et mon père buvait de plus en plus. Il nous menait la vie dure, parfois il ne rentrait pas pendant trois jours, alors on attendait qu'il déboule complètement schlass, qu'il se mette à taper ma mère, qu'il nous empêche de dormir en délirant jusqu'à quatre heures du matin et qu'il finisse par renverser sa bouteille en chantant le *Chant des partisans*, « Ami, entends-tu le vol noir des corbeaux sur nos plaines… »

Avec ma sœur Anita, qui était l'aînée, on a pris la décision de lui parler quand il serait à jeun. C'était pas facile de lui parler à mon père. On s'est jetés à l'eau :

« Papa, faut que tu arrêtes de boire, ou alors faut que tu t'en ailles, que tu nous laisses tranquilles. »

Il en revenait pas, mon père, qu'on lui parle comme ça. Il s'y attendait pas du tout. Il est devenu livide. Ma sœur et moi, on tremblait de ce qu'on venait de faire.

« C'est bien beau de dire arrête, qu'il a répondu mon père, mais faut pouvoir ! Et moi, je peux pas, j'ai trop usé mes forces au travail. Oh, et puis vous me faites chier ! Si c'est comme ça, si vous êtes tous liés contre moi, je prends mon lève-soupapes et vous me reverrez pas de sitôt ! »

Et c'est ce qu'il a fait. Il a pris des outils dans son atelier, il a chargé les sacoches de sa mobylette, il a pris quelques affaires et il est parti vivre à Meaux, dans notre cabanon.

Cabanon auquel il foutrait le feu quelque temps après, à sa sortie de prison. Il était sorti au printemps et cet hiver-là il y avait eu une grande crue. Quand il est arrivé avec sa petite valise, il en croyait pas ses yeux : tout était détruit, effondré, les matelas étaient pourris, les draps accrochés aux branches… Alors il a acheté de l'essence et il a mis le feu à ce qui restait. Il avait plus de copains là-bas, ils étaient tous en taule pour longtemps. Des petits voyous, rien de bien méchant, des voleurs de poules, mais tous multirécidivistes. Mon père, c'était la première fois qu'il allait en taule. Il s'était fait gauler avec son copain René pour vol de mobylettes. Son copain René était à la centrale d'Orléans, c'était lui qui volait les bécanes. Il les apportait à mon père qui les maquillait. Il changeait les numéros de moteur et il les repeignait.

Quand ils se sont fait prendre, les gendarmes sont venus sur le terrain et ils ont découvert une dizaine de bécanes sous des tôles ondulées. Elles attendaient là que mon père s'en occupe. Ils étaient sciés, les gendarmes, parce que ces bécanes, ils les reconnaissaient.

« Oh, mais c'est ma bleue ! disait l'un.

– Eh, les gars, c'est ma mobylette ! disait l'autre.

– C'est ma grise qu'on m'avait volée devant le poste ! » s'excitait le troisième en la tirant du tas.

Il en menait pas large le René, il paraît. C'est qu'il s'était spécialisé dans les mobylettes de gendarmes. Il les suivait, et dès qu'ils étaient occupés, vlan ! il chourait la meule ! Du coup, il avait pris plus lourd que mon père, dix mois ferme.

Mon père, il a regardé le cabanon cramer jusqu'au bout avant de revenir à Paris pour s'installer avec des clodos, dans un hôtel pourri de la rue Basfroi.

C'est quand la bouteille de gaz a explosé qu'il s'est tiré avec sa petite valise.

22

On avait enfin la paix à la maison. Ma mère était soulagée malgré qu'elle l'aimait, son Lulu. Ils s'écrivaient, il lui disait «*Je t'aime, ma Suzon, faut venir me voir à Meaux. Je suis bien installé, avec la grosse Josée qui a pris sa retraite et le René qui dort avec moi dans la baraque, on fait les patates. J'ai fait les démarches pour ma retraite. Le grand Serge est revenu, il a fait trois ans, sa péniche avait un double fond, du sable sur le dessus et des objets volés en dessous ! Il trafiquait les meubles, les objets d'art avec la Hollande. J'ai une lapine qui a fait cinq petits. J'ai bien refait toute la baraque, on peut coucher à douze. Y a le Robert-la-Légion qui vient de temps en temps, il fait ses crises de palu mais sinon ça va, on s'amuse bien avec la grosse Josée qui a plus de cent chiens maintenant sur son terrain...*»

« Oh, là, là ! disait ma mère, qu'est-ce qu'ils doivent picoler, ça doit être joli le soir, là-bas ! »

Alors on n'y allait pas, le voir à Meaux, mon père. Parce que c'est vrai qu'il fréquentait que des poivrots. Moi, j'entendais parler de ça par ma mère, j'y allais plus à Meaux, ça m'intéressait plus la campagne, j'avais quinze ans, j'avais remisé les gaules, j'écoutais du rock, Gene Vincent surtout, que j'adorais, tout habillé de cuir avec sa jambe de bois qu'il faisait passer par-dessus le micro, je trouvais ça génial. Avec mes copains, on restait des heures sur le dragon quand il y avait la fête foraine sur la place de la porte de Montreuil. On portait des blousons noirs, dans le dos du mien il était écrit « Gégène au pouvoir », c'était Gene Vincent bien sûr. Je ne savais pas trop bien ce qu'était le pouvoir, mais je préférais nettement Gene Vincent à Charles de Gaulle. Et puis, l'âge venant, les filles commençaient à nous intéresser. On avait trois copines du quartier dans notre bande, la bande de la rue Schubert. On était réputés, fallait pas venir nous chercher des histoires. Y avait Jojo Lézard, un Corse, Michel Droux, un bastonneur de première qui allongeait d'un coup de pied à la tête des adultes quand ils venaient nous faire la morale.

Parfois, quand il y avait des grands bastons, on s'unissait à la Mairie de Montreuil. Ils étaient au moins deux cents là-haut, vers la Boissière, le

Bel Air. Ça faisait du monde quand ils déboulaient sur Paris. Comme des tribus, on s'associait le temps d'une guerre. On descendait pour se bastonner avec les mecs de la rue Saint-Maur, les gars du Petit Keller, un rade de la Bastille où ils se réunissaient. Les gens fuyaient dans les rues quand ils nous voyaient débarquer, deux cents, trois cents jeunes, pourtant on avait rien contre eux, mais tous ces jeunes torse nu sous les blousons de cuir, des chaînes de vélo à la main, des fleurets, des couteaux à cran d'arrêt, le grand Latcho, un manouche qui faisait un double salto arrière en leur criant dessus rien que pour rire, tout ça leur faisait peur et ils couraient en criant pour se réfugier dans les portes cochères ou dans le métro, mais là encore on y était, et les pauvres gens ne savaient plus où se mettre face à cette nouvelle barbarie qui devait réveiller chez eux la peur du Hun.

Nos trois copines, c'étaient les plus belles du quartier. Elles nous aimaient bien parce qu'on était des garçons pas communs, toujours à la marge, avec des voitures alors que les autres étaient encore à vélo. Manuela habitait rue des Rasselins, Carmen rue Saint-Blaise et Jocelyne rue des Maraîchers. C'étaient les filles de notre petite bande. Manuela et Carmen étaient d'origine espagnole. Jocelyne était bretonne par sa mère et algérienne par son père. Jocelyne et moi, la première nuit, on a fait l'amour cinq fois. Mes potes me croyaient pas, eux ils étaient encore puceaux. Jocelyne, tous les gars du quartier en avaient après elle. Mais il n'y avait rien à faire, elle s'était amourachée de moi. Quand on faisait le cuivre avec Schtoro, je rentrais assez tard parce qu'il fallait le brûler à l'aube sur la zone. Des fois, je la retrouvais à cinq heures du matin, elle m'attendait chez elle, dans son lit. Sa mère travaillait de nuit et ne rentrait jamais avant neuf heures, son père s'était barré. Je finissais la nuit avec elle et je me tirais avant que la mère arrive.

Je menais ma vie de petit voyou sans me poser de questions. J'avais essayé de travailler pour faire plaisir à ma mère. J'avais tenu un an chez Toulouse, un serrurier rue de la Folie-Méricourt, mais ça rapportait rien et je crevais d'ennui dans l'atelier tout sombre. La forge me plaisait, mais on était plus souvent à fabriquer des devantures pour les cafés ou alors à réparer les huisseries de l'église Saint-Ambroise. Un jour, j'y suis simplement plus retourné, chez Toulouse. Il est venu me réclamer deux ou trois fois à la maison, puis il a laissé tomber. En une nuit, je gagnais ce qu'il me donnait en un an. Mon choix a été vite fait. Et puis surtout, j'aimais traîner les rues, voler des voitures et emmener les copines au bord de la Marne dès qu'il faisait beau. On se faisait peur avec les DS 21. On pouvait presque virer à angle droit quand on savait bien conduire, on semait les motards de la gendarmerie dans Montreuil.

Et puis, une nuit, je me suis fait prendre pour un vol d'autoradio. Je suis resté deux jours chez les flics, ils sont venus perquisitionner rue des Maraîchers et je suis passé devant le juge des enfants, monsieur Ficatier. Il m'a réprimandé et m'a laissé libre, mais il m'a collé un éducateur de quartier que je devais voir régulièrement. L'éducateur, il était très gentil, mais je le fuyais comme la peste, si bien qu'il n'a réussi à me coincer qu'une seule fois. Il était débordé, le pauvre gars, il avait cinq ou six garçons dans mon genre sur les bras et il cavalait toute la semaine après. Autant vouloir branler une mouche avec des gants de boxe. On était introuvables, insaisissables, on lui filait comme du sable entre les doigts. Je m'en souviens comme d'un type assez jeune, bourgeois, qui portait des pantalons de velours, très angoissé quand il parlait. Il voulait que je monte avec lui rue de la Mouzaïa pour du travail. Je devais aussi rendre des comptes à des gens dans des bureaux rue de l'Arbre-Sec. Plus tard, j'ai su ce que c'était que cet arbre sec : une potence. Ça m'a pas étonné plus que ça. C'était logique, au fond.

On comprenait la moitié de ce qu'ils nous disaient tous ces gens-là. Ils ne parlaient pas le rock'n'roll, ne connaissaient pas les Kinks, n'entravaient pas un mot de manouche, ils parlaient le gaulliste, la langue de bois en béton armé, et on fermait les écoutilles, ça rentrait ni d'un côté ni de l'autre. On était complètement étanches à leurs remontrances, leurs petites leçons de morale. Pour nous, c'étaient des larbins, tous ces gens-là, payés pour nous faire accepter l'inacceptable, pour bien nous enfoncer dans le crâne qu'on pourrait pas en sortir, du prolétariat. J'étais conscient de tout ça malgré mes quinze ans. On baissait les yeux pour pas les énerver, on faisait semblant de les écouter pour qu'ils nous lâchent un peu la grappe, et on était soulagés quand on ressortait des bureaux où on crevait de chaud. Parfois je rentrais dans le vingtième en voiture volée. Il y avait pas mal de DS 21 Pallas dans ce quartier-là, et moi j'aimais beaucoup les DS 21 Pallas pour le système hydraulique, quand le nez de la voiture s'élevait avec le contact. Elles étaient puissantes, très maniables. Y avait pas tant de flics que ça, dans les rues, parce que je me suis jamais fait prendre pour vol de bagnole. Pourtant, ça devait se voir que j'avais pas l'âge du permis, mes pieds atteignaient tout juste les pédales.

23

Rue des Maraîchers, j'y allais plus que pour dormir, et encore pas tous les jours. Je voyais de moins en moins mes frères et sœurs qui menaient une vie indépendante de la mienne. Ma mère s'inquiétait beaucoup quand je ne rentrais pas, je la trouvais dans son lit en train de fumer des cigarettes. Elle me disputait un peu, elle me demandait où j'étais, avec qui, mais elle était si gentille que ça n'allait jamais bien loin.

« Tu sais, mon chéri, je m'inquiète beaucoup pour toi à traîner les rues comme ça, elle me disait. Qu'est-ce que vous faites avec tes copains ? Vous volez pas, au moins ?

– Mais non, maman, je lui répondais, on est sur la pierre, rue Schubert, on parle, c'est tout, on rigole. »

Sauf que j'avais déjà commencé les cambriolages

de fleuristes. Je passais par l'imposte qu'ils devaient laisser ouverte, il n'y avait pas encore la clim. Fallait que ça respire, les fleurs. C'était génial de cambrioler les fleuristes. Ça sentait bon. J'étais certain que les fleurs étaient vivantes. Je ressortais de là complètement défoncé par les parfums et les gens dans la rue me paraissaient morts, bien plus morts que les fleurs.

Je ne me suis jamais fait prendre pour un cambriolage de fleuriste.

C'est le rock qui m'a perdu.

Je me suis fait prendre une deuxième fois pour un vol de disque des Kinks au Printemps Nation, alors que j'avais de quoi me le payer. Les flics m'ont relâché au bout de deux jours, mais ma mère a reçu une convocation du juge des enfants pour la semaine d'après.

On y a été. On s'est retrouvés tous les deux devant Ficatier qui nous a annoncé mon placement en centre de rééducation le jour même. Ma mère n'y croyait pas, elle pensait qu'on repartirait ensemble, et moi aussi. Mais non, elle est repartie seule, et moi ils m'ont placé dans une cellule jusqu'à la nuit tombée où une fourgonnette est venue me chercher. Direction la Ferme de Champagne, à Savigny-sur-Orge.

On y est arrivés tard, tout était éteint. Un éducateur m'a emmené dans les cuisines parce que j'avais faim. J'étais resté toute la journée au

Palais sans manger. Il m'a donné du jambon et du pain, et après on s'est retrouvés dans l'un des cinq grands bâtiments qui composaient le centre. Il a ouvert une cellule et il l'a refermée. J'étais tout seul entre quatre murs, il n'y avait pas de poignée sur la porte, elle était lisse. Mis à part les nuits à Notre-Dame-des-Champs, le commissariat où les mineurs passaient la nuit dans une cage en verre quand les flics nous attrapaient à traîner dans les rues, c'était la première fois que j'étais enfermé dans une cellule. J'étais jeune, j'avais quinze ans. C'est dur à admettre, mais je me souviens d'avoir pleuré comme un gosse cette nuit-là.

Dès le lendemain matin, j'ai été placé dans un groupe qui se nommait Provence. Il y en avait d'autres, Bretagne, etc. On avait chacun une cellule et des éducateurs. On était là pour apprendre un métier. Moi, ils m'ont découvert une vocation pour la maçonnerie, alors que je leur avais rien demandé, et ils m'ont mis au boulot. Fallait monter des murs en brique. Une punition. Quatre heures le matin, quatre heures l'après-midi.

« T'as des origines portugaises par ton arrière-grand-mère qui est revenue d'Argentine, m'avait dit l'éducateur. Vous, les Portugais, vous êtes les meilleurs en maçonnerie. Tu verras, ça va te plaire. » Où est-ce qu'il avait été chercher ça, que les Argentins étaient portugais ? J'avais rien répondu, j'étais encore comme en état de choc d'avoir été placé à la Ferme de Champagne.

J'y allais à reculons, à l'atelier de maçonnerie. Dans notre groupe, il y avait un grand type blond très costaud, une masse musculaire imposante qui se tripotait les couilles sans arrêt. Ça faisait environ un mois que j'étais là quand il s'en est pris à moi.

« Tu vas me sucer, qu'il m'a dit quand on descendait au réfectoire. T'as déjà sucé ?

– Non, j'ai répondu, moi je suce pas.

– Tu suces pas, mais moi tu vas me sucer, ça c'est sûr, et tu vas avaler, je vais t'apprendre à aimer ça, tu verras, ça sent la vanille. Tu viendras ce soir après l'atelier, pendant le changement. Je t'attendrai dans ma cellule. Si tu viens pas, je te défonce ta petite gueule de pédé, OK ?

– Ouais, OK, j'ai dit. Je viendrai pour te sucer ce soir.

– Ah, j'en bande déjà, ma gueule ! »

À l'atelier, j'étais énervé toute la matinée, je savais pas comment m'en sortir. Alors j'ai demandé de l'huile à un copain qui travaillait à la cuisine. Quand on est remontés des ateliers, le gros con que je devais sucer m'a fait un clin d'œil en me montrant son poignet pour m'indiquer l'heure du changement. Des fois que je l'aurais oubliée. J'y pensais depuis le matin. J'avais pris ma décision, j'irais le retrouver dans sa cellule. À six heures et demie, il y avait la relève des éducateurs, ils s'enfermaient dans le bureau et nous foutaient la paix pendant une demi-heure. Les cellules étaient ouvertes, on pouvait jouer au ping-pong ou rester sur notre lit à bouquiner.

J'ai fermé la porte de ma cellule et je me suis mis au travail. Il était six heures, j'avais pas beaucoup de temps. Dans la matinée, pendant que je montais un mur de brique, je m'étais souvenu des opérations survie organisées par les scouts, comment faire du feu avec rien, comment fabriquer une lampe à huile. Finalement, ça allait me servir à quelque chose, mon passage chez les scouts. J'ai coupé une boîte de lait concentré sucré, je l'ai vidée, j'ai mis de l'eau dedans et un peu d'huile que mon copain m'avait donnée. On avait le droit de conserver des aliments dans notre placard. J'avais aussi du pain d'épice et du beurre, je me faisais des tartines que je mangeais en lisant des BD. J'ai fabriqué une petite lampe à huile et j'ai fait revenir le reste de l'huile dans une grande boîte de pilchards. J'aimais ça, les pilchards. Une fois l'huile bien bouillante, j'ai couru vers sa cellule. Quand je suis entré, j'ai été surpris. Je m'attendais à le voir debout, mais il était allongé sur son lit, le chibre à l'air, il se branlait en m'attendant. Alors j'ai pas hésité, je lui ai balancé l'huile bouillante sur les couilles. Il a hurlé en se les prenant à pleines mains, moi je suis retourné dans ma cellule et j'ai tout balancé par la fenêtre. Il hurlait dans le couloir et les éducateurs sont arrivés en courant. Je me doutais que tout ça allait se retourner contre moi. J'ai attendu, assis sur mon lit, et ça n'a pas manqué. Une demi-heure plus tard, ils sont arrivés à plusieurs et ils m'ont emmené au mitard.

Le mitard de la Ferme de Champagne se trouvait en sous-sol, une cellule sordide avec juste un fenestron qui laissait passer la lumière, comme un soupirail dans une cave. Je dormais sur une paillasse, enroulé dans une couverture. J'y suis resté dix jours. Je suis passé devant le directeur, le sous-directeur et quelques éducateurs. J'ai dit qu'il voulait que je le suce, que moi je suçais pas, et qu'en plus j'avais pas envie de me faire massacrer par ce connard. Il paraît qu'il était gravement brûlé sur les *parties*, qu'il en garderait des séquelles toute sa vie. J'ai dit qu'au départ je voulais juste lui jeter l'huile bouillante à la figure, que j'avais pas pensé à ses *parties*, mais comme il se branlait sur le lit j'avais agi dans l'urgence, j'avais peur que l'huile refroidisse. Ils en avaient rien à faire de mes explications, ils voulaient savoir pourquoi j'avais rien dit aux éducateurs, et où je m'étais procuré l'huile. J'ai répondu que j'étais pas une balance. La réputation que j'aurais eue, dans mon quartier, si j'étais allé me plaindre aux éducateurs ! Ils étaient complètement inconscients de tout ça, eux, ils étaient passés par des grandes écoles, ils connaissaient rien à la loi des rues. Ils étaient plusieurs adultes du bon côté du bureau, ils étaient là pour nous redresser, on faisait le lever du drapeau tous les matins, au garde-à-vous, et pour eux j'étais un jeune violent qu'ils allaient surveiller de très près. Le directeur m'a collé dix jours de mitard et j'ai plus jamais revu le mec, ils avaient dû le transférer à l'hosto.

Quand je suis sorti du trou, ils m'ont remis à Provence où du coup j'étais vachement respecté par les autres. C'était important, cette histoire du respect. Le respect, c'était le mot-clef pour survivre dans le milieu carcéral. Parce que, quoi qu'ils en disent, on y était déjà, dans le milieu carcéral. C'était comme un petit bagne, la Ferme de Champagne.

Après cette affaire de l'huile bouillante, j'ai plus jamais été emmerdé par personne à la Ferme de Champagne. Sur le terrain de sport, je me suis même fait des amis de la Mairie de Montreuil, deux gars de la bande à Jean-Pierre, des garçons très respectés du Bel Air. Y avait déjà du braquage dans l'air, de l'évasion même.

24

Au bout de trois mois, je suis repassé devant Ficatier qui m'a demandé comment ça allait. Il paraît que j'étais assez bon en maçonnerie, que j'apprenais vite. Je répondais rien, je le laissais parler.

« Quand tu sortiras, il faudra que tu travailles, les éducateurs vont te trouver une place. Il faudra que tu sois sérieux, que tu y restes. On est d'accord ?

– Oui, m'sieur, je vais m'améliorer. Quand est-ce que je sors ?

– La formation dure encore trois mois, ensuite tu sortiras.

– C'est pas la peine, m'sieur, je sais déjà tout faire, le chef d'atelier a été obligé de me mettre au carrelage et depuis hier je refais des murs dans le centre. »

Il lisait les rapports.

« C'est quoi, cette histoire d'agression sexuelle ?

– C'est un type qui voulait que je le suce.

– C'est sûr, ça ? C'est pas toi qui l'as agressé ? »

Il était raide Ficatier, il appliquait les textes. Sur le papier, ce placement en centre fermé, c'était ce qu'il y avait de mieux pour moi. Pas de père, ma mère débordée avec les six mômes et les allocations familiales, aucune autorité parentale : pour lui, j'allais droit dans le mur en restant rue des Maraîchers. Six gosses dans une chambre de dix mètres carrés, c'était du Zola pour Ficatier qui avait fait des études. Il ne connaissait rien à la réalité des centres où il fallait faire sa place à coups de poing et de pied, à coups de couteau. Le lever de drapeau à sept heures du mat dans la froidure hivernale, c'était censé nous redonner goût à l'ordre, à la discipline. Nous préparer à rentrer dans le rang, enfiler nos bleus de travail et revenir complètement crevés le soir à la maison pour regarder de Gaulle à la télé.

25

J'ai tenu encore trois mois. J'étais premier en maçonnerie, la génétique portugaise certainement. Ils m'avaient mis au jardin, je tondais la pelouse, j'entretenais les rosiers en attendant ma sortie. J'avais une permission le week-end et c'était dur de rentrer au centre, mais j'ai tenu bon. J'en suis sorti en mai. Il faisait un temps magnifique. Ma mère est venue me chercher et on a pris l'autocar pour Paris. Elle m'avait acheté une chemise neuve, et un jean que j'aimais pas mais je lui ai rien dit parce qu'elle était toute joyeuse ce jour-là. C'était un Rica Lewis, un truc bas de gamme. Moi je portais que des Strauss 501. Elle y connaissait rien en jeans, ma pauvre mère, elle avait pris ce qui était à portée de sa bourse, alors j'ai rien dit, j'ai fait semblant d'être vachement content. Ils étaient mal coupés les Rica, les poches arrière étaient pointues, on aurait dit des oreilles d'âne, les poches de devant rivetées en biais, la honte quoi. Elle était heureuse, ma mère, que je rentre à la maison, que je retrouve du travail. Le travail, c'était la condition absolue pour que je reste libre.

J'étais dehors depuis quelques jours quand l'éducateur est venu me voir. Il m'en avait trouvé, du travail. À l'usine, chez Renault, sur l'île Seguin. Bien payé. J'allais souder le hayon arrière des 4L. Il avait tous les papiers, j'avais plus qu'à signer. J'ai signé. Il en avait trouvé aussi pour mon copain Jojo Lézard, du travail chez Renault. Comme ça, je serais moins seul là-bas.

On pointait.

On se mettait à la chaîne et on était jouasses quand il y avait un débrayage. Des grèves perlées, qu'ils nommaient ça, les syndicalistes faisaient chier la direction au compte-gouttes, quoi.

On nous demandait de payer notre carte syndicale. Comme c'était trop cher, on refusait.

On faisait les trois-huit, mais on comptait pas y passer notre vie, chez Renault.

On bouffait un casse-dalle à midi en regardant couler la Seine et en fumant des cigarettes.

Au bout de deux mois, on était devenus des patates, alors on s'est tirés. On est plus venus pointer, l'éducateur nous cherchait partout dans le quartier. Il nous est tombé dessus rue

Schubert. Il était très énervé parce que, d'après lui, on se rendait pas compte de ce qu'on faisait. Si on retournait pas chez Renault, Ficatier allait nous mettre à Fresnes mineurs. Il avait les joues toutes rouges, l'éducateur, il bafouillait, mais il était sympa, on l'aimait bien. Pour nous, c'était un pauvre mec qui connaissait rien à la vie des rues. Il devait écouter du Mozart en fumant sa pipe dans son bel appartement du seizième alors que nous, on était complètement rock'n'roll, on écoutait les Troggs, les Kinks, on faisait déjà des cambriolages, on avait du liquide, des fourgues, on fréquentait des gros voyous du quartier, on jouait au billard, on allait au resto, on travaillait la nuit, mais pas huit heures debout à souder des 4L. On allait aux puces de Clignancourt pour se saper comme nos idoles, on se coupait plus les cheveux. On devait leur faire peur, à tous ces gens-là.

26

Puisque je voulais pas travailler, Ficatier a rien trouvé de mieux que de me mettre à Fresnes mineurs. Avec la prison, j'allais enfin comprendre ce qui était bon pour moi, il en était convaincu. Ils sont venus me chercher à cinq heures du matin, des flics de la rue du Surmelin, la cinquième brigade territoriale, et ils m'ont amené à la souricière. J'avais quinze ans et c'était la première fois que j'y entrais, à la souricière. Un bol en plastique avec une pomme, un quignon de pain et une Vache qui rit, voilà le menu, et des types en blouse grise qui vous traînaient d'une cellule à l'autre, qui vous emmenaient menotté à l'identification, l'anthropométrie. Et ensuite fourgon, direction Fresnes. Là-bas, on vous donnait un paquetage en échange de vos fringues civiles, et on vous mettait dans une cellule de trois sans autres formalités.

Personne ne me disait rien. Ni pourquoi j'étais là, ni ce que j'étais censé y faire. J'étais en taule, quoi. Le travail était pas obligatoire, pourtant. À Fresnes mineurs, on restait en cellule toute la journée. Parfois, on sortait faire du sport. On avait un prof très sympa. Il nous faisait courir entre les murs de ronde, on passait sous les miradors, on jouait au hand, il nous faisait faire de la gym. Après, on revenait en cellule. Au bout de deux semaines, ils m'ont mis aux ateliers. Je fabriquais des cintres en fil de fer avec une machine complètement débile. Ça passait le temps. Je voyais des psychologues qui me faisaient faire le test de Rorschach et dessiner des trucs improbables. Je me forçais à voir autre chose que des taches d'encre. Si je disais que je voyais des taches d'encre, le psychologue s'énervait, il fallait absolument que je voie autre chose. Alors je voyais autre chose pour lui faire plaisir. Je voyais des sous-marins, des aigles noirs, des rues grouillantes de flics en civil qui me cherchaient. Il fallait surtout pas voir des papillons. Le psychologue, il aimait pas qu'on voie des papillons, pourtant les deux taches symétriques... Mais bon, fallait obéir si on voulait sortir, fallait voir des trucs fabuleux et il était tout content, il prenait des notes.

« Mais le sous-marin, là, que tu viens de voir, il a quelle forme ?

– La forme d'un stylo qui se transforme en pieuvre et c'est la pieuvre qui a craché la tache d'encre et je me noie dedans. »

Alors là, il était content, il jubilait.

« Eh bien voilà ! qu'il disait tout épanoui soudain, eh bien voilà ! On y est, on y arrive. »

Alors il prenait des notes en tirant la langue et on pouvait continuer le test, passer à une autre tache qui était exactement semblable à la précédente. Moi, j'enchaînais : « Deux ventouses des tentacules de la pieuvre. » Pendant que j'y étais, hein, pourquoi me gêner puisque ça marchait, la pieuvre et les tentacules.

« Des tentacules, qu'il répétait, des tentacules, c'est bien ça, c'est intéressant... »

Je rentrais crevé dans ma cellule, les neurones au ralenti. Ça se savait qu'il était dingue le psychologue, qu'il criait sur des mômes qui pouvaient pas voir autre chose que des taches d'encre ou des papillons. J'en étais qu'au début, pourtant, j'avais pas encore fréquenté les experts en psycho-criminologie, Rounajon et toute sa clique, ça serait pour plus tard, quand je serais fiché au grand banditisme. Pour le moment, j'étais docile, moi, il suffisait de m'expliquer et je voyais tout ce qu'il voulait.

Au bout de trois mois, je suis repassé devant

Ficatier. Avec Ficatier, la vie se réglait tous les trois mois, on avait dû lui apprendre ça, à l'école des magistrats. Il m'a expliqué qu'on ne pouvait s'en sortir qu'en travaillant. Seulement voilà, moi j'aimais pas le travail, mais ça, il pouvait pas l'admettre.

« Il n'y a pas un métier qui te plairait plus qu'un autre ? »

Je réfléchissais pour l'aider, il y avait des longs silences dans son bureau, il tenait une règle entre ses mains, il la faisait tourner en attendant, et puis il la posait brutalement à la fin, pour mettre un terme à l'ambiance. Il ressemblait à un échassier Ficatier, une tête de flamant rose mais gris. Je trouvais rien comme métier, je faisais des efforts, pourtant. Ce que j'aimais, c'était la liberté. Avoir personne sur le dos, parler le manouche et jouer au billard en écoutant du rock. Je pouvais pas lui dire ça, à Ficatier. Le rock, il en avait rien à cirer, il savait pas que ça existait.

« Alors, qu'il insistait, l'électricité peut-être ? C'est bien électricien, ça gagne bien. Les éducateurs peuvent te trouver une bonne place. »

J'en voulais pas de leurs bonnes places. Elles étaient mauvaises pour moi, je m'y sentais pas à ma place, justement. J'aimais pas ça, l'électricité. Ni la peinture, ni la maçonnerie, encore moins la menuiserie. Enfin, y avait rien dans leur programme qui correspondait à mes attentes et donc on pouvait pas s'entendre. Il était bien emmerdé, Ficatier. Me remettre à Fresnes ? C'était peut-être pas si autorisé que ça tant que j'étais pas pris la main dans le sac.

« Bon, je vais te faire sortir. Mais tu sais, traîner dans la rue avec les Jojo Lézard et les frères Zachwalinski, ça ne va pas te mener loin. On va essayer de te trouver un travail qui te plaise. Tu vas retourner rue de l'Arbre-Sec une fois par semaine et voir avec les éducateurs, d'accord ? »

Je répondais oui pour qu'il me lâche, mais je la détestais autant que le reste, la rue de l'Arbre-Sec, je pouvais pas les voir, tous ces gens qui s'occupaient de moi alors que j'étais déjà bien capable de régler mes affaires seul.

27

Rue des Maraîchers, rien n'avait changé. Mes frères et sœurs allaient encore à l'école. Ma grande sœur Anita fréquentait un voyou nommé Charly. Il venait la chercher sur sa Flandria, il attendait devant notre porte. C'était un voleur, Charly. Il y avait toujours des types devant chez nous qui guettaient ma sœur Anita. Elle a fini par se marier très jeune avec l'un d'entre eux, un gars de la porte de Bagnolet, Riton, un gars de la Voûte. Ils ont trouvé un appartement dans les HLM et on les a plus trop revus. Elle revenait plus rue des Maraîchers, Anita.

Il y a eu comme un temps mort, comme un silence avant l'orage.

J'étais passé par Savigny, par Fresnes mineurs. Je continuais le cuivre, le nickel, les fleuristes la nuit. On avait cambriolé le Monoprix de la rue d'Avron. On entassait notre butin dans la cave de Jojo Lézard, rue Schubert. Une sorte de routine s'était installée. Les flics en civil du commissariat de la rue des Orteaux nous suivaient, nous coinçaient dans les portes cochères pour nous faire parler. On voyait les holsters de près, la crosse des revolvers, ça donnait envie d'en avoir.

« C'est vous le Monoprix, on est sûrs que c'est vous ! »

On rigolait, on les connaissait et on était chez nous dans le quartier, on y était nés. On entrait dans un immeuble sur le boulevard Davout et on ressortait par l'hôpital de la Croix-Saint-Simon. On connaissait même des caves qui donnaient dans les égouts et on ressortait rue de la Réunion. Ils pouvaient toujours attendre planqués rue des Rasselins, on entrait quelque part et ils ne nous voyaient jamais ressortir.

Je sortais la nuit, je rentrais pas manger à la maison. Dès que la mère de Jocelyne était partie au travail, on se mettait au lit. On était amoureux, c'était la première fois pour tous les deux. Elle mouillait dès qu'elle me voyait Jocelyne, ça lui dégoulinait sur les cuisses. Je pouvais la prendre n'importe où, debout dans une cour de hasard si on avait envie, dans les chiottes d'un restaurant. Carmen et Manuela n'arrivaient pas à se décider avec qui aller, et parfois Manuela venait dormir avec Jocelyne et moi. Elles étaient curieuses, les filles. Une amie de ma grande sœur m'avait demandé si elle pouvait regarder comment on faisait, Jocelyne et moi. On a dit oui et elle est restée là, pensive, sur le bord du lit à nous observer pendant qu'on faisait l'amour.

Avec Jojo Lézard et les frères Zachwalinski, on a fait un casse sur la petite ceinture, un entrepôt sans vigile sur la voie ferrée. Une vraie caverne d'Ali Baba, des colis en carton qui venaient de la France entière. On ouvrait les cartons au hasard. Tiens, des costumes trois pièces ! Allez hop, on embarque ! Tiens, un carton plein de lait concentré sucré, hum ! on prend... Et on entassait ça dans la cave de Jojo Lézard pour le revendre.

Dans l'un des cartons, je suis tombé sur un saxophone ténor tout neuf, presque aussi grand que moi. Je ne sais pas pourquoi j'ai fait ça, mais j'ai quitté un moment l'entrepôt et j'ai été mettre le saxo à l'abri dans le caniveau, entre deux voitures rue du Volga, et je suis retourné aider mes copains à dépouiller les cartons. Une fois notre opération achevée et la cave pleine, je suis repassé rue du Volga pour récupérer le saxophone. Une des deux voitures n'était plus là. Le chauffeur avait fait une marche arrière pour sortir et il avait roulé sur le saxo qui était maintenant plat comme une crêpe. Je suis resté comme un imbécile avec la grande crêpe en cuivre dans la main, puis je l'ai laissé là, comme ça, sur le trottoir, amèrement déçu parce que je comptais en tirer un bon prix à un musicien du quartier qui avait un groupe nommé Octopus.

Cette image du saxophone écrasé est souvent revenue me hanter. J'imaginais le son quand la voiture l'avait écrasé, l'agonie d'un si bel instrument, et aussi le musicien qui l'avait commandé, qui devait l'attendre avec impatience et qui n'a jamais su ce qu'était devenu son sax.

Donc voilà à quoi je passais mes nuits. Mon père s'était fait virer de chez Touzet en plein hiver parce que le radiateur de son bulldozer fuyait. Il avait demandé à Touzet de lui changer, il l'avait pourtant prévenu, mais Touzet n'avait rien fait. Si bien qu'un matin, après une nuit à moins vingt, quand mon père a mis le bull en route, le moteur a éclaté de partout. C'était un engin américain, ça lui a coûté cher à Touzet de le remettre en état, et il a fait porter le chapeau à mon père. Tout ça s'est terminé aux prud'hommes et c'est mon père qui a gagné, mais trop tard. Il était viré et à Meaux depuis un an quand il a touché ses indemnités. Il avait une pension parce qu'il avait été prisonnier pendant la guerre, et une autre pour invalidité, une grume lui avait brisé le fémur quand il travaillait comme bûcheron. C'est avec ça qu'il survivait à Meaux. Et nous, rue des Maraîchers, on tenait seulement avec les allocations familiales. Avec le cuivre, les fleuristes, les casses par-ci par-là, j'avais toujours du fric dans les poches, bien plus que quand je travaillais. Je pouvais me payer des fringues à la mode et perdre le reste au Multicolore avec le Jean-Pierre Saunier. On en sortait toujours raide, du Multicolore. Est-ce qu'ils m'arnaquaient, qu'ils profitaient de ma naïveté, toute cette bande de macs à la petite semaine ? Possible. Si c'était le cas, ils n'en avaient plus pour bien longtemps parce que j'allais entrer dans le grand banditisme plus tôt que prévu.

28

Mon copain Jo avait été placé dans un centre de rééducation sur une île, l'île de Ré je crois, et il s'en était évadé. Il avait trouvé une planque rue de la Plaine, chez les curés, dans un grenier.

Quand on était plus jeunes, ils s'étaient bien occupés de nous, les cathos. Il y avait Pierrot Bourrasch, un grand type qu'on adorait, mes copains et moi. C'était un bourgeois par rapport à nous, il habitait un bel immeuble en pierre de taille de l'autre côté du cours de Vincennes. Il avait fait des études et avait un cœur en or, tout dévoué à notre cause. Il avait des responsabilités dans ce truc catholique, il organisait des sorties, des opérations survie vers Lardy, dans la vallée de Chevreuse. Il nous faisait monter des pièces de théâtre, aussi. On avait joué *Il est minuit, docteur Schweitzer*, ça parlait de Lambaréné en

Afrique, un docteur suisse qui s'occupait des pauvres. Mon copain Titi, le frère de Jo, faisait le docteur Schweitzer, et moi je jouais la servante. J'avais la dernière réplique : « Il est minuit, docteur Schweitzer. » Titi posait ses lunettes sur le bureau, et on tirait le rideau. Il y avait un local rue de la Plaine. On s'y réunissait, on y préparait nos sorties. Pierrot Bourrasch nous emmenait dans des terrains vagues et on faisait du sport avec lui et un de ses copains. Il nous avait appris la « soule », un ancêtre du rugby, on pouvait accrocher le type qui avait le ballon par où on voulait, par les cheveux même, ça nous allait bien à nous, bastonneurs comme on était. C'est les opérations survie qui ont tout foutu en l'air. Pourtant, on aimait ça. Pierrot Bourrasch nous lâchait dans la forêt le soir et on devait rejoindre un point de ralliement le lendemain. On était livrés à nous-mêmes et on devait s'en sortir, trouver à manger, s'orienter à la boussole avec une carte. Mais nous, pour manger, on s'emmerdait pas, on entrait dans les villages et on volait dans les épiceries. On a fini par se faire prendre et c'est remonté jusqu'aux supérieurs de Pierrot Bourrasch. Il est passé devant une sorte de tribunal interne et ils l'ont viré.

Nous, on disait rien. C'était un coup dur, il avait plus le droit de s'occuper de nous. Alors on y est plus retournés, chez les curés de la rue de la

Plaine. Pourtant, on l'aimait, Pierrot, et il nous le rendait bien. Parfois, avant qu'il se fasse virer, il nous invitait chez lui. Il y avait une bibliothèque, des beaux meubles en chêne, des tapis épais sur le parquet, un bureau aussi. On se tenait bien, vachement impressionnés. On partait parfois loin pour camper, on logeait dans des monastères. Un jour, on lui avait apporté des revues porno qu'on avait trouvées dans les poubelles des moines.

C'était là qu'il se planquait, Jo, pendant sa cavale, dans le grenier des cathos. Il y entrait le soir et en repartait le matin, ensuite il traînait dans les rues. Il venait manger rue des Maraîchers et il retournait dormir là-bas, rue de la Plaine. Et puis les curés l'ont repéré et ils l'ont balancé aux flics. Mais Jo, c'était un malin, il s'est sauvé par les toits et ils ont pas réussi à l'attraper.

Il est venu frapper chez nous dans la nuit et ma mère l'a laissé dormir à la maison pour cette nuit-là. Elle n'était pas d'accord avec l'évasion, ma mère. Elle voulait bien qu'il vienne manger, mais c'est tout, elle voulait rien savoir pour l'hébergement, on était déjà six dans une petite chambre. J'étais embêté pour mon copain. Dans le quartier, ça lui faisait une aura de martyr à Jo, de traîner comme ça avec les flics au cul.

29

Ça s'est mal terminé, la rue des Maraîchers. Ça s'est terminé un matin, aux environs de cinq heures.

À cinq heures ce matin-là, quelqu'un a frappé violemment à notre porte, et quand ma mère a ouvert, ils sont entrés à plusieurs. Il y avait le commissaire de police, un huissier entouré par des déménageurs et des flics en uniforme. Nous, les cinq gosses, on dormait, alors ils nous ont réveillés et il a fallu qu'on fasse vite. Il a fallu qu'on s'habille, qu'on prenne les choses essentielles, nos cartables par exemple, et ils nous ont foutus dehors, sur le trottoir. Dehors, dans la rue des Maraîchers, il y avait un fourgon de police qui nous attendait, au cas où on se serait rebellés. Mais on était pas des rebelles. Moi j'allais avoir seize ans, j'étais un petit voyou ordinaire, mes quatre frères et sœurs étaient plus jeunes, ils allaient encore à l'école.

Je vais vous dire ce qu'ils ont fait : ils ont pris notre petite chienne Lady et ils l'ont emportée à la fourrière, parce qu'il ne fallait pas qu'un chien erre avec des gens dans les rues. Nous, on pouvait crever dans le caniveau, c'était plus leur problème, il n'y avait pas de fourrière pour des gens comme nous. Les gens comme nous, personne en avait rien à faire. Si on avait pu se suicider, comme ça, tous ensemble, sur le trottoir, ça n'aurait pas gêné grand monde. Une bande de miséreux qui auraient cessé de souffrir, comme ça, d'un coup, tous ensemble dans le caniveau, ça en aurait arrangé quelques-uns. Ces poulets-là, avec leur arme à la ceinture, ils avaient tué neuf syndicalistes deux stations de métro plus bas quatre ans avant, c'était pas de foutre une mère avec ses cinq gosses sur le trottoir qui leur causait des états d'âme.

Nous, les mômes, on savait plus trop quoi faire à cette heure-là sur le trottoir. On attendait. On se disait que, peut-être, une assistante sociale, enfin, que quelqu'un d'un peu sérieux allait venir... Que Nounours allait sortir du poste de télé qu'on avait depuis un an, ou bien Nicolas au bras de Pimprenelle. Qu'ils allaient nous dire que c'était qu'un cauchemar et que le marchand de sable allait jeter sur tout ça un merveilleux

« Bonne nuit, les petits ». Mandrake et Lothar, je sais pas où ils étaient. Narda devait être encore couchée.

Personne n'est jamais venu pour nous sauver. Ils sont tous repartis, avec leurs déménageurs qui venaient de mettre nos meubles sur le trottoir.

Elle était jolie, la France des travailleurs, vue sous cet angle-là. Ils avaient récupéré le logement, on était expulsés et il n'y avait rien à dire, rien à faire. Ils étaient pas aimables, les flics et les huissiers, les déménageurs et les maçons. Je m'en souviens bien, ils agissaient vite, avec violence, comme des malfaiteurs. Ils étaient venus tôt le matin, peut-être pour ne pas avoir à affronter le regard des autres. En plein midi, il y aurait eu du monde dans la rue, c'était une rue populaire la rue des Maraîchers.

À six heures, tout étant terminé, le forfait légalement accompli, ils sont repartis très vite après avoir fait condamner la porte par un ouvrier, un serviteur zélé qui, je l'espère, cuit en ce moment dans le chaudron du diable avec tous ses acolytes.

C'est comme ça que ça s'est terminé, la rue des Maraîchers. J'en rêve encore parfois, cinquante ans après. Je passe par-dessus la porte scellée et je retrouve ma mère (elle est morte ma mère), très belle, qui erre dans les pièces vides. Elle me prend dans ses bras et on reste comme ça, elle porte une belle robe avec des fleurs, elle me serre tendrement contre elle et ça me donne envie de pleurer.

On avait plus nulle part où aller, nulle part où poser nos pauvres petites choses. Ma collection de bandes dessinées, je ne l'ai jamais retrouvée. J'avais tous les *Kiwi*, les *Mandrake*, depuis le premier, et tous les *Zembla*, *Akim* aussi, et puis pas mal de disques, essentiellement du rock, et mes masques et mes costumes. Tout a fini pourri par la pluie.

« Vous avez pas un garde-meuble ? » qu'il disait l'huissier, en remballant hâtivement ses papiers dans une sacoche.

Il en avait rien à cirer. Je m'en souviens bien, parce que c'était la première fois que j'en entendais parler, du *garde-meuble*. Non, elle en avait pas, ma mère, de garde-meuble. Ma pauvre mère, elle était dans un état de panique, j'ose même pas y repenser tellement j'en ai le cœur gros encore aujourd'hui.

Ma petite sœur Bernadette en a perdu la parole pendant un an. Elles se sont retrouvées toutes les trois, ma mère et mes deux petites sœurs, sur un banc, complètement perdues, ne sachant où aller. Moi, je me suis sauvé, les flics m'avaient mis dans le fourgon et j'ai profité d'un moment d'inattention. Mes deux petits frères, ils les ont placés dans un foyer, mais ma mère et mes deux sœurs sont restées toute la journée à réfléchir sur un banc. Finalement, elles ont été sonner chez ma sœur Anita, et elles se sont installées là. C'était au mois de juin. C'étaient les vacances scolaires.

Ma petite sœur m'a raconté qu'à la rentrée elle avait changé d'école, qu'elle avait perdu toutes ses copines et qu'elle ne pouvait plus parler à personne. Les maîtresses n'y comprenaient rien, personne ne rattachait ça à l'expulsion.

Quand vous êtes expulsé de votre univers, que tout votre petit monde vole en éclats sur le trottoir à cinq heures du matin, officiellement, avec des papiers bleus signés par un homme politique, un élu de la Nation, si vous êtes quelqu'un d'un peu sérieux, vous laissez tomber le casse de fleuristes. Vous entrez en guerre. Parce que vous avez remarqué qu'eux, ceux qui vous ont foutu dehors, ils étaient pas venus tout seuls. Ils étaient accompagnés par des hommes en armes, et c'est ça qui faisait toute leur force, à cette bande de malfaiteurs légalisés.

30

Après la rue des Maraîchers, j'ai erré dans le quartier d'une planque à l'autre avec mon copain Jo qui était toujours en cavale. Pour le reste, je jouais au billard en écoutant Otis Redding tandis que ma mère continuait de chercher un logement pour regrouper la famille. Elle avait été voir à Stains, elle en était revenue effondrée. « Jamais je ferai vivre mes enfants là-dedans ! Je préfère rester à la rue », elle disait.

Comme le grenier de la rue de la Plaine était grillé, avec Jo on avait plus où dormir. Il y avait deux clochards qui s'étaient aménagé un camion abandonné dans la rue des Rasselins et ils nous ont invités à dormir avec eux. Il y avait des matelas, des couvertures, un peu de confort. C'étaient des types d'une cinquantaine d'années, déjà complètement alcooliques, pourris jusqu'au fond de l'âme. Le premier soir, ils ont voulu nous enculer. Ils étaient très mal tombés, les deux cloches. Jo et moi, on était déjà des petites frappes hyperviolentes. On les a massacrés, on les a balancés dehors, et on a gardé le camion.

On parlait beaucoup braquage avec Jo. Il nous fallait des armes, on ne pouvait pas rester comme ça dans la rue sans un flingue sur nous.

On y est pas restés longtemps, dans le camion des clodos. On a trouvé mieux dans la rue des Haies, une chambre d'hôtel où logeait un autre ami, Jacky le Bordelais. Il était déjà bien enfoncé dans la criminalité, bien plus que nous, évadé du fort du Hâ à Bordeaux, en cavale. C'était pas son vrai nom, Jacky, et il était pas bordelais.

La chambre d'hôtel était payée par un jeune ouvrier qui y laissait sa paye. Le racket, tout simplement. Il avait peur de Jacky qui le frappait. Jo et moi, on était pas dans la position idéale pour donner des leçons de morale. On y est pas restés longtemps non plus, dans la chambre d'hôtel, on a trouvé encore mieux, toujours rue des Haies, chez Marco et Willy, son petit frère. La mère s'était tirée avec un mec, le père avait disparu. On s'est installés dans le deux pièces et c'est devenu notre planque.

C'est avec Jacky le Bordelais qu'on est passés au vol à main armée. On attaquait les riches chez eux, dans leurs appartements du seizième.

On portait des grands manteaux sous lesquels on dissimulait des fusils à canon scié.

Mais tout ça, c'est une autre histoire. À l'heure qu'il est, la plupart de ces gars-là sont morts, de mort violente. Ça ne pardonnait pas, le quartier Charogne. Maintenant, la rue des Haies, c'est assez calme, presque bobo, un peu de deal de shit, peut-être, un peu de coke. C'est la drogue qui a tout nettoyé, quand la drogue arrive quelque part elle pourrit tout. Terminés le bel ouvrage au 11,43, le braquage bien organisé. Tout ça est remonté vers les banlieues. Y a plus de gangs à Paris intra-muros, plus de lilas à la porte en question, et au 83 rue des Maraîchers ils ont coulé du béton. Un immeuble hideux où il ne doit pas faire bon habiter parce que j'y rôde régulièrement la nuit, avec ma mère, à la recherche du passé qu'on nous a volé.

Pour l'éditeur, le principe est d'utiliser des papiers composés de fibres naturelles, renouvelables, recyclables et fabriquées à partir de bois issus de forêts qui adoptent un système d'aménagement durable.

En outre, l'éditeur attend de ses fournisseurs de papier qu'ils s'inscrivent dans une démarche de certification environnementale reconnue.

Cet ouvrage a été composé
par Dominique Guillaumin à Paris
et achevé d'imprimer en septembre 2012
sur Roto-Page
par l'Imprimerie Floch
à Mayenne
pour le compte des Éditions Stock
31, rue de Fleurus, 75006 Paris

Imprimé en France

Dépôt légal : novembre 2012
N° d'édition : 01 – N° d'impression : 83222
54-51-9077/6